정은영의

속 다방열전

울산다방문화연구소

정은영의 쉿 다방열전

울산다방문화연구소

정은영의
속 다방열전은

일하는 도시, 생산의 도시에도 이런 공간이
있었다는데 더 큰 의미가 있습니다

태화강물처럼 쉼 없이 흘러가는
우리 내 삶의 윤슬 같은 존재가 다방입니다

설웁던 시절, 즐거움도 분노도 아픔도 잔잔한 호수의
윤슬처럼 느낌이 좋습니다

막내딸 같은 다방종업원에게
"미스 정 모닝커피"
백발의 그 모습과 청춘남녀의 은근한 만남도
다방 아니던가요

책장에 아쉬움이 남아 쉬이 넘기지
못하는 심사를
다음 장의 흐름 또한 약간 흥분의 감동받을
생각으로 넘깁니다.

- 오색영롱한 영축산 문수원에서 수안

1970년대와 80년대 청춘다방을 아십니까.
그 시절 다방은 우리 삶의 자궁 같은 공간이었습니다.

마땅히 갈 곳 없던 청춘들은
시계탑 사거리 음악다방에서 소소한 낭만을 누렸습니다.

40년이 지나 언뜻 돌아보니 추억창고였던
다방들은 얼추 자취를 감추었습니다.
더불어 7080 청춘들도 고목으로 늙어가고 있습니다.

가버린 추억!
알딸딸한 그리움으로 그 시절 다방을 찾아 나선지도
어느새 십년을 넘겼습니다.
얼렁뚱땅
2015년 9월 『다방열전』 첫 권을 내고 두 번째입니다.
억새머리 휘날리며 "아직은"을 외치는 늙어가는 청춘들이
잊혀져간 추억을 되새기는 기회가 되길 바랍니다.

제호와 표지 그림을 그려주시고,
축하 글까지 써주신
영축산 문수원 수안 스님, 그리고 꼼꼼히 교열을 봐주신 성정련 교
장 선생님께 절 올립니다.

2022년 가을
정은영

정은영의
속 다방열전

차례

다방! 젊은 날의 청춘을 찾아서

커피에 대한 소고

먼저 다방을 이해하기 위해서는 다방의 주요 메뉴인 커피 역사를 간략히 알아보는 것도 매우 의미 있는 일이다. 왜냐하면 에티오피아 목동 '칼디'로부터 시작된 커피의 탄생과 그 전파 경로는 세계인류문화사의 중요 부문이기도 해서다.

내용을 요약하면, 목동 칼디가 양들이 붉게 익은 체리 열매를 따먹고 흥분하는 것을 보고는, 자신도 그 열매를 따먹었는데 피로해지지 않고 기분이 좋아지는 경험을 하게 됐다는 것이 커피의 탄생설화이다. 흔히 「커피 향」을 별칭으로 「모카 향」이라고 하는 것도 커피가 처음에는 예멘에서 경작이 이뤄졌고 커피를 수송하는 항구가 예멘의 모카항구라서 나온 말이다. 커피Coffee라는 낱말의 어원은 고대 아랍어 카와Qahwah, 와인의 의미에서 유래하여 터키어 카흐베Kahve를 거쳐 탄생됐다는 것이 지금까지의 정설이다. 우리나라에 처음 들어와서 「가베」로 불린 것을 보면 이해가 쉽다.

물과 차 다음으로 세계 제3의 음료라고 하는 커피는 처음에는 이슬람교도들이 즐겨 마셨기 때문에 이슬람의 와인으로 불렸으며 베니스 상인들에 의해 유럽에 전파됐으나 이런 이유로 처음에는 비난받았지만 교황 클레멘트 8세가 커피 세례를 준 것이 유럽 전파 확산에 계기가 됐다.

커피의 한반도 상륙 역사를 살펴보자. 커피는 구한말 홍차와 함께 들어왔다고 한다. 커피가 처음 등장한 시기는 1890년 중국을 통해서였으며(유길준의 서유견문록 참조) 현대식 다방이 최초 등장한 때는 조선 말기로, 대한제국시대였고 고종황제가 커피 보급에 중요한 역할을 한 것으로 알려지고 있다. 1896년 아관파천 때 러시아 공사관인 웨베르의 처형이었던 안토니엣 손탁이 독살 노이로제에 시달리던 고종의 식·수발을 들었고 고종은 그녀의 권유에 의해 우리나라에서 처음 커피를 접했다는 공식기록을 남겼고 후에는 커피 애호가가 됐다고 한다.

대량으로 커피가 전파된 시기는 한국전쟁 때부터다. 초창기 커피 유통물량은 미군부대 등에서 흘러나온 불법 외제품이 대부분이었다. 지식인들로부터 각성제로서 가치를 인정받았던 커피가 암거래로 막대한 외화가 유출되자 정부는 1970년대 초 국내 인스턴트 커피업체를 설립(동서식품), 커피의 대중화를 이끌었다.

또한 산업화와 더불어 커피시장 규모가 매우 커졌고 커피유통이 활발해지자 본격적인 다방 성업시대도 함께 열리게 되었다. 하지만 1990년대 중반 동서식품이 1회용 커피, 일명 「봉다리」커피를 생산하면서 다방은 문을 닫는 계기가 됐지만 커피는 장소를 불문하고 마실 수 있는 보편적 음료가 됐다.

국내 최초 다방은

그렇다면 최초 다방 등장이 궁금해진다. 우리나라에서 신식다방이 처음 문을 연 시기와 그 역사적 장소는 어디였을까. 차를 우려내는 「다방茶房」이 아니라 실제 「커피 방」을 다방의 출발로 보고자 했다. 다방 역시 출발은 고종황제와 연관성이 있다. 1896년 2월 아관파천을 통해 커피 맛을 들인 고종은 환궁 후 덕수궁에 「정관헌(1900년 이전에 지은 것으로 추정)」이라는 로마네스크양식의 건물을 지어놓고 이곳에서 커피를 즐겼다. 이무렵 고종은 독일국적 여성 손탁(1854~1925)에게 그녀의 대한제국독립운동에 기여한 공로를 인정, 1895년 서울 정동 29번지 소재 1,184평(현 이화여고 본관 부지)의 대지에 있던 한옥을 헐고 1898년 3월 16일 방이 5개인 서양식 건물을 지어 하사했다. 이 건물이 손탁빈관이었다. 그러다가 고종은 1902년 10월 이 건물을 헐고 2층 서양식 건물을 신축했는데 이것이 바로 손탁호텔이다. 이 손탁호텔에 커피숍을 겸한 식당이 있었는데 그것이 기록상으로 대한제국 최초 커피숍 즉 다방이다. 이 커피숍에는 외국 문물을 접했던 개화파 인사들이 자주 드나들었고 러·일 전쟁 때 종군 기자 마크 트웨인이 프레스룸으로 사용해 유명세를 더했다.

일반인들이 다방에 들락거리면서 커피를 즐기게 됐던 시기는 1888(3)년 인천 「대불大佛호텔」과 「슈트워드호텔」, 1914년 「조선호텔」이 개화기에 호텔 부속 형태의 귀족 다방으로 태동했을 때부터다.

또 영화감독 이경손이 종로구 관훈동에 연 「카카듀(1927년)」, 영화배우 김인규가 종로2가에 연 「멕시코(1929년)」 등이 한국인에 의해 다방형태를 띠며 탄생했고, 8·15해방과 6·25전쟁을 거치면서 커피를 주 메뉴로 하는 다방문화는 더욱 꽃피었다. 특히 6.25 전쟁 당시 부산 피난시절 광복동과 남포동 다방들이 문화예술인들의 사랑방으로 이용되면서 다방은 참혹한 전쟁 통에도 한 시대의 문화와 예술을 이끌었다.

소설가 김동리 선생이 부산에 피난 와서 집필한 소설 『밀다원 시대』 배경이 된 밀다원다방은 당시 예술인들로 크게 붐볐다고 한다. 아쉬운 것은 다방에서의 이러한 일들이 대수롭지 않은 개인적 부분들로 치부되면서 구전으로 전할 뿐 대부분이 기록으로 남아지지 못했다는 점이다.

울산 최초 다방은

울산에서 본격 다방시대는 언제부터였을까? 최초의 다방을 찾기 위해 수 년간 노력했지만 확인할 수가 없다. 이유를 들자면 다방은 술집과 같은 물장사라는 개념이 강했기 때문이다. 구전돼 오는 이야기로는 성남동 동아약국 앞 신천지다방이 최초 다방에 이름을 올리고 있으나 사실 확인이 어렵다.

변두리이기는 하나 호계 역전 귀향다방이 울산최초 다방이라는 설이 도리어 일리가 있다. 하지만 울산 최초의 다방 찾기는 좀 더 시간이 필요할 것 같다. 근대문화유산 보전 차원에서라도 언젠가는 이뤄져야할 과제다.

그런데 최근 장생포 연안다방이 영업신고증 기준으로 제1호라는 새로운 사실을 확인했다. 1968년 1월 15일자로 발급받은 것이었다. 정말 놀랄 일이다. 좀더 구체적인 사실은 「연안다방」에서 밝힌다.

울산 다방 전성시대

울산에서 본격 다방시대는 1962년 2월 3일 울산공업센터 기공식 이후다. 이 때를 시점으로 울산은 일자리를 찾아 전국에서 청춘들이 대거 몰려들었다. 이와 더불어 다방이 시계탑 사거리를 중심으로 생겨나기 시작했다. 객지에서 마땅히 갈 곳 없는 청춘들은 퇴근하면 다방과 술집으로 몰려들었다. 1970년대와 80년대를 거치면서 울산 원도심 시계탑 사거리를 중심으로 사방 200여 미터 이내 도심상가 대부분의 건물이 지하는 술집, 1층은 보석점을 포함한 잡화점과 금융기관, 2층은 다방이 차지했다.

중구 원도심 동헌 길 명다방, 구 상업은행 사거리 일대 가로수다방, 매일다방, 향촌다방 등은 중년층이 주로 찾았고 시계탑 일대 돌체다방, 소공동다방, 월성다방, 예나르(신화)다방, 청자다방 등은 청춘들을 주 고객으로 한 음악다방들이었다.

1970년대와 80년대는 마담과 레지들의 몸값이 치솟았다. 몇 달치 월급을 선금으로 줘야 간신히 모셔올 수 있었다. 직업소개소들도 울산이 자동차 도시답게 마담과 레지들을 「그라나다」, 「스텔라」, 「포니」 등으로 등급을 나눠놓고 다방 주인의 요구에 따라 인력을 공급했다. 직업소개소들도 마담과 레지수요로 짭짤하게 수지를 맞추었던 시절이 1970년대와 80년대, 그리고 1990년대 초반까지다.

333 커피

커피 레시피 가운데 일명 「333커피」는 커피 세 숟갈, 프리머 세 숟갈, 설탕 세 숟갈이라는 다방커피다. 이는 훗날 일명 봉다리 커피 원조가 됐다. 깨친 누군가가 이를 봉다리 커피로 연결했다면 동서식품보다 먼저 「땡」잡았을 것이다. 나도 두고두고 아쉬워하고 있는 대목이다.

바뀐 세상

코로나 19가 판을 치기 시작한 2019년 말부터 유명 커피점 입구에 차량들이 줄을 지어있다. 일명 차를 타고 커피를 구입하는 드라이버 스루다. 비 대면이라는 낱말이 생겼다. 집 안에서도 마스크를 쓰라고 하는 세상이다. 커피점 앞 줄지은 차량들을 자주 보다보니 이제는 차량이 없는 경우가 이상하다.

커피전문점들이 판을 치는 도심풍경을 보며 1970년대부터 1990년대까지 유행했던 다방 노래들을 떠올려본다. 그것 또한 중년들의 추억 속 알딸딸한 그리움이기 때문이다.

전통차문화가 깊이 뿌리내린 사찰 지대방에서도 요즘은 커피자판기가 대세다. 찾는 신도들 수요에 따라 어쩔 수 없는 현상이란다. 바리스타 자격증을 취득한 스님들이 신도들로부터 인기다. 차를 우려내는 도구 대신 커피를 내리는 도구들이 스님들 처소에 등장하는 속도가 놀랄 만큼 빠르다.

「사랑은 가고 과거는 남는 것」 시인 박인환의 시구詩句처럼 마담, 레지라는 낱말도 일상에서 사라진 지 제법 오래됐다.

7080 청춘들 삶에 큰 영향을 끼쳤던 다방, 공단도시 울산의 그 시절 다방들을 추억하기 위해 오늘도 여전히 발걸음을 옮긴다.

원다방

로터리 상징물 공업탑의 정식 명칭은 울산공업센타 건립 기념탑이며 공업탑工業塔은 줄임말이다. 1962년 2월 울산을 특정공업지구로 지정했을 때 이를 기념하기 위해 로터리를 만들고 그 중심에 세운 조형물이다.

원다방은 공업탑 로터리에서 울산여고 방향에 있던 다방이다.

언제 개업했는지 알 수는 없지만 순서로 보면 로터리가 생기고 건물이 지어졌고 원다방이 문을 열었다고 보는 설이 정확하다. 먼저 이 다방 이름이 궁금하다. 주인은 왜 다방 이름을 원다방이라고 지었을까. 쉽게 생각하면 금방 답을 찾을 수 있다. 공업탑 로터리가 큰 원으로 되어있어서다. 그래서 로터리를 물고 있는 다방, 즉 단순히 원다방으로 이름을 정했다는 것이다. 그런데도 어떤 사람은 넘버원이라는 의미가 있다 하고 어떤 사람은 모든 것을 가슴에 안는 뜻이 있다는 등 여러 깊

원다방 간판. 빛이 바랜채 40년 너머의 세월을 추억하고 있다.

이 있는 설명을 한다. 하지만 실제로는 모두 부질없는 이야기이다.

　이 다방을 찾아가면서 「다방 애국가」로 불리기도 한 대중가요 한 곡을 소개한다. 아마 다방과 관련한 수많은 노래들 중에 이 노래만큼 대중적 사랑을 받은 경우는 드물다.

"그 다방에 들어설 때에 내 가슴은 뛰고 있었지/
기다리는 그 순간만은 꿈결처럼 감미로웠다/
약속시간 흘러갔어도 그 사람은 보이지 않고/
싸늘하게 식은 찻잔에 슬픔처럼 어리는 고독/
아 사랑이란 이렇게도 애가 타도록 괴로운 것이라서/
잊으려 해도 잊을 수 없어 가슴 조이며 기다려요"

나훈아 노래 '찻집의 고독'이다.

이 노래가 히트할 때 대한민국도 「잘살아보세, 잘살아보세」라는 새마을 건설 노래가 매일 새벽 청소차 스피커를 통해 골목을 휩쓸었다.

기존 울산읍과 방어진, 장생포 등 소읍으로 띄엄띄엄 흩어져 있던 농어촌 울산은 공업센터 지정 선포식 이후 황량한 들판에 하루가 다르게 공장이 들어섰다.

물 많은데 고기가 많듯이 자연스레 청춘들은 울산으로 왔다. 시외버스를 타고 온 이들은 먼저 울산관문 공업탑 로터리에서 내렸고 원다방을 찾았다. 당시는 울산 원다방을 모르면 간첩소릴 들을 정도로 원다방은 울산 다방 랜드마크였다.

산업 역군들, 퇴직하다

원다방을 찾아간 날은 벚꽃이 지고 연두색 잎들이 무성해지고 있었다. 올 봄 벚꽃은 유난스레 화려했다. 혹독한 추위를 견딘 결과이리라. 세상 사람들은 2년 넘게 희대의 역병으로 고통 받고 있다. 나훈아의 「테스형!」을 들어도 딱 맞아 떨어지는 해답을 찾을 수 없다.

이럴 때는 젊은 날 아지트였던 다방으로 걸음을 옮겨보는 것도 나쁘지 않다. 나이가 들수록 추억을 먹고 산다고 하지 않던가. 내 또래 친구들은 2021년 이전에 대부분 퇴직했다. 이들을 이름 하여 7080 청춘들이라고 한다. 어정어정한 걸음걸이가 퇴역 전차를 연상케 하지만 이 나라 부흥의 역사를 일군 산업역군들이다. 듬성듬성 빠진 머리숱이 치열한 삶을 살았다는 증거다.

1970년대와 80년대, 이들은 매일 새벽밥을 먹고 출근해서 밤 열 시까지 죽자 사자 일했다. 열심히 일하면 쨍하고 해 뜰 날이 올 것이라고 기대하면서 말이다. 이들에게도 한때는 봄꽃처럼 화려했던 날들이 분명 있었다.

이제는 모두가 지나간 추억이지만 가끔 청춘시절 무지개 꿈을 꾸었던 원다방을 생각하면 입가에 남모를 웃음이 번진다. 원다방 레지가 타주던 커피 생각이 날 때는 그냥 웃는다. 그 시절 청춘들은 드러내놓고 떠벌리지는 않지만 말 못할 다방에서의 기억들 몇 개 정도는 늘 가슴에 품고 산다.

공업입국의 상징

원다방은 공업탑 로터리가 내다보이는 남서쪽 창가 자리가 인기였다. 만날 사람이 올 때까지 왔다 갔다 하는 수많은 차량들을 보고 있는

2층 창살문이 원다방이다. 영욕의 세월을 겪은 모습이 도리어 처연하다

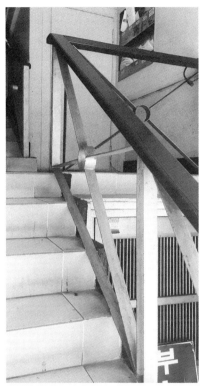
숱한 사람들이 각각의 사연을 안고 오르내렸던 계단은
근래 새로 단장을 마쳤다.

것도 기다림의 즐거움이었다.
남서쪽 자리에 앉으면 격자창
으로 대한민국 공업입국의 상
징 공업탑을 한눈에 볼 수 있
다.

그러나 20여 년 전, 자동차
보급이 확대되고 울산상권이
공업탑에서 삼산으로 옮겨가
자 원다방이 어느 날 영업을
멈추었다. 로터리가 신호체계
로 바뀌면서 주차공간이 사라
진 것도 원인이었다. 다만 푸
른 녹이 낀 청동 출입문은 예
나 지금이나 변함없이 고고한
자태로 원다방을 지키고 있
다. 출입문 틈새로 보이는 내
부는 테이블들과 의자들이 모두 치워져 있다. 10여 년 전까지만 해도
집기 등은 그대로 있었다. 다방이 문을 닫은 후에도 선거철에 후보들
의 사무실로 잠깐 이용되었다.

이 다방은 문을 닫은 이후 새로운 업종이 들어오지 않았다. 위치로
보면 울산에서도 이만한 곳을 찾기가 어려운데 말이다. 명당 중의 명

당 원다방은 문을 닫는 그 순간부터 그대로 세월이 정지된 상태로 남았다. 변하지 않은 것은 아직도 입구에 붙어있는 빛바랜 간판이다. 자칫 원다방 간판만 보면 다방이 영업하고 있는 줄로 오해할 수도 있다.

같은 건물 1층에서 38년째 동학서림을 운영하고 있는 서점주인 할머니(81)는 "남은 책만 팔고나면 폐업할 생각"이라고 한다. 한 시절 인근 학교 학생들이 참고서 등을 구입하기 위해 긴 줄을 섰던 그 시절 원다방 오르는 계단도 손님들 발걸음에 반질반질 윤이 났다고 기억한다. 하지만 지금은 이 일대에서 사람 구경하기가 쉽지 않다. '이렇게 사람이 없으니 서점이나 다방 역시 될 턱이 있나'하는 생각이 든다.

원다방은 나훈아 「찻집의 고독」, 이장희 「한 잔의 추억」, 송창식 「고래사냥」 등을 LP판을 통해 수시로 들을 수 있었다.

영욕의 세월, 변화를 견디지 못한 원다방은 울산 공업역사를 기억한 채 새 주인을 기다리고 있다. 하지만 너무 오래 기다린 것은 아닌지, 낡은 계단을 오르내리던 사람들의 흔적이 낙서로 남았던 벽은 최근 페인트를 칠해 과거 역사를 지워버렸다.

'숙아, 왔다 간데이'

'자야! 바쁘나? 내일은 오후에 꼭 보자' 가로로 삐딱하게 누운 글씨들이 제법 볼만했었는데….

다방 전화가 연락을 주고받을 수 있는 통신 수단이었던 시절, 계산대 마담 앞 3~4대 전화는 기다리는 사람을 찾는 전화벨이 잠시도 쉬

청동으로 제작된 출입문. 당시로서는 최신 인테리어였다.

지 않고 울렸다.

가끔 어떤 사람은 약속시간을 모르고 와서 한나절을 기다리다 마담의 눈총을 사기도 했다. 이런 사람들은 커피 한 잔으로는 미안해서 연거푸 두 잔이나 세 잔을 시켜 마시면서도 마담의 눈치를 봤었다.

당시는 울산에서 내로라하는 사람들도 원다방 마담 눈치는 봐야했다고 한다. 마당발로 통했던 이 다방 마담 입은 울산 공업탑만큼이나 높았고 끗발도 있었다. 실제로 그녀의 한 마디가 울산 정치 흐름을 바꾸기도 했었다니….

추억 저편의 기억들

돌아보면 지나온 세월이 까마득하다. 40년, 50년 전 일들인데도 어제일 같다. 이제 원다방에 추억을 묻어둔 사람들은 대부분 60대를 넘겼다. 희끗희끗한 머리카락이 중년임을 확인시켜주는 7080청춘들에게는 알딸딸한 추억들이 가슴을 시리게 했던 곳 가운데 한 곳이 원다방 아닐까.

"그 다방에 들어설 때에 내 가슴은 뛰고 있었지/
  기다리는 그 순간만은 꿈결처럼 감미로웠다"

노래를 흥얼거리며 중고 서적 한 권을 골라 계산하고 동학서림 문을
나서는데 뒤꼭지에다 대고 주인 할머니는 옛날 단골이었다는 사람들
이 일부러 찾아와서는 추억이라며 볼 것도 없는 서점사진을 찍어간다
고 했다.

명다방과 이상숙 시인

울산문화예술의 공간으로 자리매김
이 시인은 울산문협 태동기 이끌어

음력 사월 초파일 부처님 오신 날을 앞두고 시내 주요 간선도로는 해가 지면 연등이 환하게 불을 밝히고 있다. 팔각등, 연꽃등, 수박등, 주름등이 고루 내걸린 도심 풍경은 '코로나 19'로 기죽은 시민들 마음에 희망이라는 등불을 밝혀주는 것 같다.

1970년대 울산 문화예술계에서 약방의 감초역할을 했던 다방을 소개한다. 울산중구 원도심 동헌 골목 명다방이다. 이 다방은 동헌 앞 중앙농협 건물과 붙은 4층 건물 지하에 있었다. 한국문인협회 울산시지부 부지부장을 지낸 서전 이상숙 시인(2015년 6월, 작고)이 개업한 다방이다.

이 다방에 대해 울산예총 서진길 고문은 "마땅한 전시장이 없던 시절에 명다방은 문화예술공간으로서 자타가 공인하는 최고 장소였다.

울산상공회의소 전시장 등이 문을 열기 이전만 해도 명다방에서 작품
전을 개최하고자 했던 예술인들이 줄을 이었다"고 회고했다.

이상숙은 어떤 사람인가

'다방'하면 물장사라고 해서 빈정대던 시절이 있었다. 그래서 이미
지가 좋지 않았던 시절, 다방을 개업한 이상숙 시인에 대해 먼저 알
필요가 있다. 최종두 울산예총 고문(시인, 소설가)이 이상숙 시비가
건립되던 시기에 쓴 언론 칼럼 일부를 소개한다.

「선생님은 경남고를 졸업하고 서울대 농대 재학 중 6.25로 학업을 중단하
고 고향 울산으로 왔다. 대현중 교사를 시작으로 제일중. 울산여고. 울산여상

전등 불빛이 환한 지하계단을 내려가면 명다방이다.

등에서 교편생활을 했다.

　당시 범곡 김태근. 김인수. 박기태 등과 백양동인회를 결성. 동인지 발간과 더불어 시화전. 음악감상회 연극공연 등을 펼치며 문화예술운동의 씨를 뿌렸다. 이종수. 김상수. 김종수 김학군. 김규현 등과는 화조회를 만들어 사회봉사활동을 펼쳤다. 울산문인협회 창립 때는 부지부장을 맡았으며 창립이 무산되려할 때 선생님이 나서서 이루어주셨다.

．．．

　명다방을 운영하게 된 것도 순전히 문화운동의 사랑방으로 활용하기 위해서였다. 그때는 명다방이 문화예술인들의 회관 역할을 할 정도로 문화예술의 산실이 되기도 했다. 영업을 떠나 그들의 편의 역할도 했기 때문이다.」 이하 중략

이상숙 시비를 제막하고 울산 문인들이 헌화 묵념하고 있다.
(우측부터 김성춘 시인. 최종두 시인. 문송산 시인. 그리고 가족들)

이 칼럼에서 알 수 있듯이 그는 당시 울산문화예술운동의 정점에 있던 인물이었고 명다방 개업 역시 마땅히 갈 곳 없는 예술인들의 사랑방으로 활용하기 위해서였다고 하니 울산문화예술인들에게 이상숙 시인은 잊힐 수 없는 인물임에 틀림이 없다.

최 시인은 칼럼 끝머리에서 오영수, 천재동, 이시우 등 울산출신 예술인들이 울산에 들러서 친지는 만나지 못하고 가더라도 이상숙 선생만큼은 꼭 만나고 갔다는 일화까지 소개했다. 그는 후덕한 인품의 소유자였다. 그의 시비는 중학시절 제자였던 시인 양명학 울산대 명예교수가 건립위원장을 맡아 2017년 10월 중구 복산동 송골공원에 세워졌다.

동헌 길, 명다방

명다방 주변은 다방들이 많았다. 동헌 길을 따라 과거 중부경찰서가 있을 당시는 경찰서 정문 맞은편에 수경다방, 북정동 우체국 앞에는 물레방아다방 등이 있었고 동아약국 사거리 우정동 방향 2층에 고궁다방이 있었다. 이외에도 명다방 주변에는 여러 다방들이 있었다. 그 중 명다방이 규모가 가장 컸던 것으로 기억된다. 이 다방은 두 개 교실을 합친 것만큼 제법 널찍했다.

명다방에서 구 천도극장 쪽으로는 구 울산중부소방서, 구 울산중구보건소, 구 조흥은행(신한은행) 등의 각종 기관들이 즐비했다. 시내버스가 통행하는 1번 도로는 이들 기관 근무자들을 상대로 모모양

김성춘 시인이 축시를 읽고 있다.

복점, 국정사, 최근 삼산 남구 문화원 건너편으로 이전한 일번가 양복점들이 있었고 뒷도로 즉 구 상업은행이 있었던 길은 지금도 여성 의류매장들이 간간이 있다. 과거 이 길은 논노패션 등 여성의류매장들이 있는 패션거리였다.

울산이 남구 공업탑, 시청 주변, 태화(월평) 로터리 고속버스 터미널 일대 논밭이 신흥택지로 개발되기 전에는 명다방 일대가 시계탑을 중심으로 울산 최고 번화가였다.

일일찻집 명소로

명다방은 이상숙이라는 시인이 개업해서 얻은 명성으로 구시가지에서 나름 유명 다방 축에 들었다.

이 다방은 연말 일일찻집 단골 명소였다. 우선 공간이 넉넉했고 임대비용이 시계탑 주변다방에 비해 상대적으로 저렴했다.

몇 달 전에 예약을 하지 않으면 명다방에서 일일찻집은 불가능했다. 명다방에서 쟁반을 들고 커피를 나르던 친구들은 지금 모두 60대 중반을 넘었다. 울산불교청년회 창립을 주도했고 신도회와 청년회간

에 가교역할을 맡았던 오태룡 형은 명다방에서 커피를 마시며 후배
들과 불교청년운동을 펼쳤던 그 때가 인생에서 가장 아름다운 날들
이었다고 회상한다.

이상숙 시인은 가고

나는 이상숙 시인을 직접 뵌 적은 없다. 명다방을 들락거렸던
1978년도는 이미 이상숙 시인이 서울로 간 이후였다. 이 시인이 서
울로 떠난 시점을 전후로 해서 남구 공업탑 로터리 주변에도 다방들
이 생겨나기 시작했다. 그 대표적인 다방이 원다방이다. 원다방이 붐
비자 주변에 몇 개 다방이 더 생겼다. 눈치 빠른 사람들은 중구 옥교
동, 성남동 금싸라기 땅을 팔아서 허허벌판 남구지역에 땅을 사기 시
작했다. 울산이 공업도시로 급성장하던 때였다.

도시가 팽창하면서 울산은 태화강을 경계해서 강남과 강북으로 양
분되었다.

강남 신시가지가 커질수록 강북 구 시가지는 점차 홀쭉이가 돼 갔
다. 1980년대 중반까지는 그럭저럭 지냈는데 시계탑 일대 음악 다방
들이 대마초 단속으로 DJ들이 구속되는 등 된서리를 맞으면서 일반
다방들도 한 곳, 두 곳 문을 닫기 시작했다. 다방전성시대는 서서히
막을 내리고 있었다.

시낭송회가 열리기도

내가 최초로 명다방을 찾았던 시기는 1978년 가을쯤이었다. 그 시절, 시내 다방들은 가을 시작부터 시낭송과 시화전, 사진전, 서예전 등이 줄을 이었다.

1980년대 어느 가을밤 기억이다. 문인들이 들락거리면서 가끔은 빛바랜 시집이 탁자 위에 놓여있기도 했던 이 다방에서 시낭송회가 열렸다. 울산지역 기업들의 독서대학 학생들이 중심이 됐다. 1980년대는 정부의 정책적 지원으로 기업마다 독서대학 설립이 붐을 이루었다. 가물가물한 기억 속 이름, 단발머리 아가씨가 박인환의 시「목마와 숙녀」를 낭송했다.

한 잔의 술을 마시고
우리는 버지니아 울프의 생애와
목마를 타고 떠난 숙녀의 옷자락을 이야기한다
목마는 주인을 버리고 거저 방울 소리만 울리며
가을 속으로 떠났다 술병에서 별이 떨어진다
상심한 별은 내 가슴에 가벼웁게 부서진다
그러한 잠시 내가 알던 소녀는
정원의 초목 옆에서 자라고
문학이 죽고 인생이 죽고
사랑의 진리마저 애증의 그림자를 버릴 때

목마를 탄 사랑의 사람은 보이지 않는다
세월은 가고 오는 것
한때는 고립을 피하여 시들어가고
이제 우리는 작별하여야 한다

이미 다방 분위기는 시심詩心에 흠뻑 젖었다. 더 말해 무엇 하랴 가을밤 우수수 낙엽 지는 거리풍경과 더불어 모든 참석자들이 감성으로 들떴다. 가을 분위기와 어울렸던 그 아가씨 이름이 오래 오래 입에 많이도 오르내렸다. 지금 어디에서 훌륭한 문인의 길을 걷고 있는 것은 아닌지 궁금하다.

그로부터 참 많은 세월이 흘렀다. 커피 자동판매기 등장이후 다방

명다방 앞에서 본 시내 거리 풍경.

들이 문을 닫기 시작했다. 명다방도 그 중 한 곳이었다. 2013년 3월 찾아갔을때 사단법인 천사운동 울산본부가 입주해 있었다. 커피내기 화투를 치다가 삐쳐서 화투판을 뒤엎어놓고 나가버렸던 손님을 붙잡는다고 마담과 레지가 뛰어나가다 엽차를 쏟기도 했던 출입구 계단에는 전등불빛이 환했다. 문화와 예술운동이 아닌 또 다른 사회봉사 활동 공간으로 사용되고 있음이 그나마 위안이 된다.

불자(佛子)들의 다방

명다방은 북정동 해남사 길목에 있어서 불자(佛子)들 단골 모임장소였다. 1970년대 후반부터 1990년대 초반까지는 매주 수요일 저녁 중구 북정동 해남사에서 수요법회를 마친 울산불교청년회 회원들이

명다방 주변 건물. 변화를 비켜간 슬레이트 지붕이 정겹다.

늦은 시간이라도 어김없이 출근부 도장을 찍었다.

울불청 회원들이 부서별 모임을 대부분 이 곳에서 했다. 그 바람에 자연스레 청년 불자佛子들 다방처럼 됐다. 가끔은 조계종 울산불교 신도회 어른들을 뵐 수 있었던 것으로 기억된다.

그러나 끝내 시류의 변화는 거스를 수 없었다. 공업탑 로터리가 울산 관문으로 떴다는 소문이 날수록 중구 구도심은 점차 문을 닫는 점포들이 늘어갔다. 명다방도 문화예술 중심이 아닌 보통 다방으로 내려앉았다. 중구에 살던 사람들도 신도심新都心으로 뜨고 있다는 남구지역으로 이사를 가기 시작했고 각종 문화예술 단체들도 남구지역으로 사무실을 옮겨가면서 이 지역은 구도심舊都心이라는 허우대만 멀쩡한 속이 텅 빈 이름표를 달았다.

추억은 아름다워

돌아보면 이미 모든 것은 농익은 살구처럼 아름다운 추억이 됐다. "아, 옛날이여" 하며 그 때를 그리워하는 울불청 출신들이 얼굴 보는 모임이라도 만들자고 한다. 부처님 오신날을 앞두고 고운 물을 들인 습자지로 연등을 만드느라 울산불교청년회 회원들의 엄지와 검지는 포르스럼한 꽃물이 들었다.

그 시절 명다방에서 부서모임을 가졌던 법우들 중에 4~5명이 출가했다고 하는 소문을 바람결에 들었다. 그들의 용기있는 행동에 박수를 보낸다. 부디 출가한 목적을 이루고 혼탁한 사회를 밝히는 등불이 되길 바란다.

1970년대 말, 내가 청춘이던 시절, 지금 남산사 주지 지용스님이 그 때 해남사 주지스님이었다. 법문을 청하면 늘 여유로움으로 '부모은중경'을 설하셨던 기억이 새롭다.

이런 저런 추억을 들추며 명다방 주변을 몇 번 돌았다. 마지막이라 생각하고 돌았을 때였다. 지나쳐도 보이지 않던 낡은 건물들이 눈에 들어왔다. 농협에서 동헌으로 가는 길, 퇴락한 건물들, 빛바랜 페인트 칠 모습이 시골장날 분칠한 할머니를 만난 것 마냥 정겹다. 농협 옆에 부스럼딱지처럼 붙어있는 구두 수리 센터와 함께 공방들도 옛 모습 그대로다.

이들은 남구가 떴거나 말거나 여기 그대로 존재하고 있었다. 이 거리 대부분 건물들은 나이를 가늠하기 어려울 정도로 낡았다. 깨져서 때우고 바람에 날아갈까 헌 타이어로 눌러놓은 슬레이트 지붕들이 다닥다닥 이마를 맞대고 있다. 그곳에는 문화인쇄사도 있고 연화공방도 있다. 호산필 '죽림칠현' 간판을 단 문필방도 이 거리의 주인이다. 이들 업소들은 구시가지의 역사가 되고 전설이 되어가는 중이었다. 세상이 부동산 개발붐으로 들썩이는데도 아직 이 골목만큼은 과거 흔적들이 많다.

변한 것이 있다면 근래 들어 식당이 한 곳, 두 곳 늘어나고 있다는 것이다.

과거의 영광을

명다방에서 시계탑까지는 가깝다. 블록 모서리를 두 개 돌면 된다. 그러나 명다방 골목은 아직 사람들 걸음이 뜨문뜨문하다. 하지만 울산 문화예술중심이 될 날을 꿈꾸고 있다. 2022년 1월 6일 옛 중부경찰서 터에 울산시립미술관이 개관했다. 또 울산객사 유구가 발견된 구 울산초등학교 역시 조만간 객사로 복원되고 나면 이 골목은 문화예술 중심공간으로 거듭날 것이 확실하다.

이런 시점에 문화예술인들은 미술관 개관과 함께 문화예술 사랑방이었던 명다방도 다시 개업했으면 하는 마음이다. 이미 시계탑을 중심으로 에이치(H)형 원도심은 중구청 지원으로 '문화의 거리'라는 새 이름표를 달았다.

문화의 거리는 그 많던 다방 대신 커피 전문점들이 우후죽순 문을 열었다. 각자 생각하기 나름이지만 두루마기 입고 목이 긴 구두를 신은 것처럼 조합이 어설프다.

달짝지근한 쌍화차 향에 커피향이 섞인 명다방 특유의 향기가 그립다. 명다방은 청춘들이 길거리를 떠돌며 들은 전설을 주워 담는 속 깊은 봉지였다. 그래서 명다방에 가면 울산 돌아가는 소문은 대략 들을 수 있었다.

약 40년 전쯤, 해남사 법회를 마치고 우루루 명다방으로 몰려가던 그 시절이 오늘따라 무척 그립다. 잊지 못할 명다방의 추억이다.

가로수다방

다방이 울산문화예술 중심이던 시대

가로수다방은

다방 이름이 왜 '가로수'였을까? 누구나 한번쯤 궁금해봄직하다. 가로수다방 건물주인인 김종수 선생은 다방 앞 도로변에 가로수로 수양버드나무 한 그루가 심어져 있었기 때문이라고 했다. 숨은 내력을 알고 나니 웃음이 절로 나온다. 참 쉽게 지었는데도 제법 운치 있는 이름이다.

잘 알려진 주변 지형지물을 다방 이름으로 했던 경우가 흔하다. 이다방 역시 건물 앞 수양버드나무를 한 단계 높여 '가로수'로 이름을 지었던 것 같다. 김 선생께 다방이 언제 개업했는지에 대해 물었더니 자신이 울산에 중등교사로 첫 발령을 받고 부임했을 때가 1957년인데 이미 그 때도 가로수다방이 있었다고 했다. 그 이전 가로수다방 역사는 여기서 잠시 중단되는 듯 했다. 하지만 역사는 참 엉뚱한 곳에서 이

어졌다.

지난 6월 1일 아침 중구 성남동 우성사진관에 들렀다. 그곳에서 우연히 우찬 서진길 울산예총 고문을 만났다. 서고문은 필자에게 전달하려 했다며 사진 봉투에 가로수다방 역사를 꼼꼼하게 적어왔다.

그 메모 한 장이 가로수다방 역사를 알렸다. 이 다방은 1953년 6.25 전쟁이 끝나고 김정준씨(오래전 작고)가 단층 건물을 짓고 본인은 건물 3분의 1에 칸막이를 하고 정인당이라는 라디오 수리센터(전파사)를 운영했다. 부인인 서정필 여사(오래전 작고)가 나머지 공간에 가로수라는 이름으로 다방을 개업했다. 그리고 1959년 추영철씨(작고)가

2층에 가로수 다방이 있었다

이 건물을 매입해 지하 1층, 지상 2층 건물을 신축했으며 1층에는 유명 남성복 매장이 입점했고 가로수다방은 2층으로 옮겼다. 이 때부터 가로수다방은 인근 명다방, 고궁다방과 더불어 문화예술 전시공간으로서 그 역할을 나누었다.

아이러니한 것은 1957년 가로수다방을 처음 본

예술인들의 집합소
문학과 낭만이 꽃피던 다방

1970년대 다방. 문화의 거리에 조형물로 설치돼 있다.

김종수 선생이 30년 만인 1987년 이 건물을 매입했음이다. 그가 3층
으로 증축해서 현재모습을 갖추었다. 김 선생 역시 3층 공간을 '목호
문화공간'으로 운영했고 1층 들머리 화강암에 새겨진 상호가 지금도
그대로 있다.

1990년 3월 지홍 박봉수 화백 초대전이 경상일보 후원으로 목호문
화공간에서 열린 팸플릿에 목호문화공간이 가로수다방 3층에 있음을
알리는 것으로 봐서 이 다방이 그 때 이후까지 문을 열었던 것 같다.

다방 - 전시공간으로

울산 원로예술인들에게 물었다. 1970년대와 80년대 전시예술 공간

으로 생각나는 곳이 있느냐고, 원로예술인들은 단박에 "가로수다방이
지"했다.

그랬다. 가로수다방은 주변에 여러 다방들이 있었지만 그 중 문화예
술 전시와 관련해서는 빠지지 않는 유명 다방이다. 1995년 10월 5일
남구 달동 울산문화예술회관이 개관되기 전, 1970년대와 80년대 가
로수다방은 울산문화예술회관 역할을 대신한 전시공간으로 누구나
인정하던 곳이었다.

경제발전 감초역할

대한민국 경제 번영에 있어서 다방이 감초역할을 했던 사실을 잊어
서는 안 된다.

울산이 공업단지로 급성장하던 시절 원도심으로 불리는 시계탑 사거리 일대가 한 집 건너 한 집 2층은 다방이었다고 보면 된다. 그만큼 다방들이 많았다. 도심은 음악다방으로 잘 나갔고 뒷골목 다방들도 전시문화공간으로써 1970년~80년대 산업화와 더불어 울산 다방 전성시대를 누렸다.

그 시절 이야기를 하자니 자연스레 당시 거리풍경을 들먹이지 않을 수 없다. 가로수다방과 시계탑 주변은 한 때 울산 최고 번화가였다. 1990년대 접어들면서 신흥개발지로 뜬 남구 공업탑 일대에 상권을 내주는 바람에 슬럼프에 빠졌다가 10여 년 전부터 전선 지중화를 시작해 지난 2018년 12월 완공했다.

울산 중구가 문화예술인들에 대한 지원정책을 펼치면서 점포마다 예술인들이 둥지를 틀었다. 울산의 인사동으로 불리기도 했으나 예술인 지원정책을 중단하면서 최근에는 빈 점포가 늘고 있다.

가로수다방이 있었던 시계탑 일대는 울산의 상전벽해桑田碧海를 체험한 지역으로, 소설로 써도 될 만큼 다양한 울산 이야기를 기억하고 있다. 이 거리에서 영화 「친구 2」가 촬영되기도 했다.

가로수다방 주변에는

학성공원에서 우정동 방향으로, 지금은 1차선 편도 일방통행으로 바뀐 7번 국도를 따라 제일중(제일아파트)과 학성여중(학성 아파트)이

1979년 12월 제일중, 꼭 10년 후인 1989년 12월 학성여중이 태화동으로 이전하기 전까지는 울산중등교육의 산실이었던 곳이다.

현 학산동소재 중앙동 행정지원센터 건물도 한때는 중구청 개청 청사로 이용되기도 했고 더 과거로 가면 울산시청 건물이었다. 가로수다방 주변은 건너편 구 울산초등 가는 길에 구 상업은행이 있었고 우정동 방향으로는 울산상공회의소(현 중구 평생학습관)가 있었다. 시계탑 주변은 한일은행(현 우리은행), 경남은행, 중앙농협 옥교지점 등 금융기관이 밀집해 있다.

울산, 대한민국 산업의 심장부로

1962년 매암동 납도마을(現 KEP(주))에서 개최된 울산공업센터 기공식은 빈곤을 벗어나려는 국가적 몸부림의 시작이었다. 그로부터 세월은 쉼 없이 흘렀다. 공업도시 울산의 시발점이 됐던 '울산특정공업지구 지정'이 지난 2월 60주년을 맞았다. 2012년에 '울산특정공업지구 지정' 50주년 기념사업이 국가행사로 성대하게 치러졌음에 비해 60주년 기념은 초라하다는 표현이 어울린다.

60년 전 대한민국 번영의 주춧돌을 놓았던 울산공업센터 기공식은 경상도 동해안 변두리, 한적한 어촌에 불과했던 울산을 대한민국 첫 번째 공업단지로 이름을 올리게 했다. 울산은 격변의 시기를 거쳐 1997년 7월 15일 대한민국 여섯 번 째 광역시로 이름을 올렸고 산업수도라는 화려한 이름표를 달고 있다.

강원도 광산촌이 잘 나가던 시절, 골목길 개도 지폐를 물고 다닌다고 했다. 울산이 공단건설 붐이 일 때 그런 도시였다. 공장은 여기저기 우후죽순처럼 자고나면 지어졌고 근로자들의 주머니는 특근으로 받은 수당까지 합쳐 두둑했다. 마땅히 돈을 쓸 곳을 찾지 못한 청춘들은 다방, 극장, 술집 들을 돌아다녔다.

　출근시간이면 근로자들로 시내버스는 몸살을 앓았다. 안내양들이 간신히 문에 매달려서 손바닥으로 "탁탁" 차를 두드리면서 "오라이" 하고 외치면 그것이 출발신호가 됐다.

　공업단지 지정 이후 울산인구는 급격히 늘어났다. 1970년대 초 15만 여명에 불과하던 울산인구는 해마다 수 만 명씩 늘었고 날개를 단 업종은 단연 다방과 극장, 술집이었다. 1970년대와 1980년대 울산은 문화시설이 태부족했다. 천도극장, 태화극장, 시민극장이

중구 원도심 명물 시계탑. 몇번의 우여곡절을 겪은 후 현재의 모습으로 재탄생했다.

그나마 옥교동과 성남동에 있었고 다른 문화시설은 거의 없었다. 그 틈새를 음악다방이 파고들었다.

문화예술인들의 기억들

공단도시 특유의 문화적 허기를 다방들이 채워나가기 시작했다. 다방이나 술집 등 속칭 물장사들이 성업했다. 시계탑 사거리를 중심으로 한 도심은 다방들이 상권의 판을 키웠다. 그 때는 시계탑 사거리가 울산의 명동거리였다.

서진길 고문은 70년대에서 80년대 말까지 약 20여 년 간 이 곳에 50여 곳의 다방이 있었다고 회고했다. 구시가지에서 가장 오래된 다방은 동아약국 맞은 편 신천지다방이고 학성공원 쪽으로는 한성다방, 유미다방, 매일다방, 호수다방, 경동다방 등등이 줄지어 있었고 매일다방 커피가 제일 맛있었다고 했다. 밤하늘 별들처럼 명멸했던 수많은 다방들이 문화예술계 원로들의 추억 속에 갈무리돼 있음은 그나마 다행이다.

울산문협 고문 김성춘 시인은 2020년 가을에 발간된 울산문학 93호 특집에서 "문학 활동의 중심은 다방이었다. 월례회를 비롯해 시화전 등이 가로수다방을 비롯해 원도심 여러 다방들에서 이루어졌다"고 회고했다.

2018년 여름 가로수다방에서 한 건물 건너 3층에 입주한 울산문인협회 사무실에서 한석근 수필가(작고)는 문화의 거리 조성에 대해 "다소 때늦은 감이 있지만 천만다행"이라고 했다. 그는 방어진 사람이지만 이 거리에서 평생을 보냈다고 했다. 가로수다방과 주변 다방 이야기들을 한나절 동안 했는데도 다음에 또 하자며 울산문협 사무실을 나섰다. 다방이 물장사라는 이미지가 강했기 때문에 이 때 등장했던 여러 실명을 모두 거론 할 수 없음이 안타까울 뿐이다.

그 중 나의 기억도 있다. 가로수다방 인근 무아 음악 감상실을 들락거렸던 1980년대 초반, 밥 대신 짬뽕을 먹듯이 가끔 음악 감상실 대신 이 다방에 들렀다. 들를 때 마다 한결같은 풍경은 화려한 체크 남방에 체크 바지, 멜빵을 한 멋쟁이 노신사들이 두세 명씩 햇볕이 드는 창가에 앉아 거리를 내다보며 담배를 피우던 모습들이었다. 지금은 그 시절 이야기를 아련한 추억으로 들추고 있으니 아이러니하다.

어느 다방이나 마찬가지였지만 오전 10시 이전에만 볼 수 있는 다방풍경이 있었다. 계란 노른자를 띄우고 참기름을 두어 방울 떨어뜨린 이른바 모닝커피다. 단골들에게만 특별서비스로 제공됐다. 모닝커피를 마셨다면 그는 이미 단골이라는 말이다.

원로 예술인들은 이 다방 마담이 문화와 예술에 일가견이 있는 지성인이었다고 기억한다. 전시되고 있는 사진, 서예, 미술작품에 대한 식견이 있어야 했다는 말이다. 레지들도 손님들에게 차를 얻어 마시기 위해 치근대지 않아서 품격 높은 다방으로 그 시절 사람들은 가로수다방을 기억하고 있다.

삶의 또 다른 치열한 현장

그러나 이 다방에서 늘 좋은 일만 일어나지는 않았다. 한번은 평일 오후에 하염없이 창 밖만 응시하던 한 남자가 있었다. 궁금증이 도질 때 레지가 인근 증권사(현 중구 평생학습관)에 자주 오면서 들리는 손님인데 오늘은 손해를 좀 본 것 같다고 귀띔 했다. 식당 개 3년이면 라면을 끓이고 서당 개 3년이면 풍월을 읊는다고, 레지가 손님 얼굴을 보고 그날 증권시세를 가늠할 수 있을 정도였다.

70년대 증권회사 지방 객장은 30분이나 1시간 마다 전화기를 들고 증권거래소에서 불러주는 시세결과를 한 사람이 받아서 부르면 또 한 사람이 시세 판에 분필로 썼던 시절이었다. 당시 증권 객장은 장기나 바둑을 두면서 다음 시세를 보기위해 기다리던 사람들이 부지기수였고 발 디딜 틈 없이 북적였다. 그 북적거림이 싫은 사람들은 인근 가로수다방에서 무료한 시간을 보냈다.

증권 객장을 다녀온 손님들 중 상승 종목을 산 사람들은 차를 시키는 목소리가 달랐다. 들뜬 기분에 쌍화차 한 잔을, 하락종목을 샀던 사람들은 대신 풀이 죽었다. 이들은 타는 속을 달래기 위해 냉커피 한 잔을 찾았다.

들고나는 사람들로 출입문이 제대로 닫혀있을 때가 없었던 가로수다방이 적막 속에 묻혀있다. 2층 유리창에는 울산차인연합회가 한때 있었다는 흔적만이 빛바랜 선팅으로 남아있다.

원통형 사주관상기에 10원짜리 동전을 넣고 버튼을 누르면 또르르

말려 나온 운세표로 그날 운세를 점치기도 했던 청춘들, 담배를 피우며 망중한을 즐기던 노신사들의 모습도 눈 감고 그려볼 수 밖에 없는 추억으로만 남았다.

사라진 진짜 주인들

옥교동과 성남동 시계탑 사거리 길을 중심으로 H자 형 도심은 울산 중구청이 문화의 거리로 조성하면서 몰라보게 말끔해졌다. 울산다리에서 구 울산초등까지 길은 일방통행으로 바뀌었다. 거미줄 전선도 지중화 했고 껌이 덕지덕지 묻은 보도블록도 새로 깔았다. 과거 흔적들은 눈을 닦고 봐도 없다.

사실은 '치워진 그것들이 울산 원도심 문화의 거리 터줏대감 아니 진짜배기 주인인데'.

세상에 영원한 것은 없다.

추억은 묵은 것일수록 빛난다는 말이 있다. 오래전 기억들은 농익어서 추억이 됐지만 그때를 회상시킬만한 것은 아무것도 없다. 가로수다방도 그 중 한 곳이다.

작고한 서상연 시인의 시 '그리운 울산' 일부를 읽는다.

그리운 울산

그 시절 울산 문화의 일번지였던
가로수다방 명다방 신천지 다방
무쇠난로가 타던 그곳은
울산 이야기의 중심이었다.

(중략)

어느 늦가을, 연탄난로 위에
올려둔 주전자에서 엽차가 보
글보글 끓어 넘치면서 주전자
뚜껑을 화들짝 밀어 올리던 정

중구 원도심 한글축제

감 넘치는 다방 풍경이 그리워진다. 진한 커피향이 코끝에 확 와 닿는
다. 333 다방커피 스타일 봉다리 커피라도 한 잔 마셔야 하겠다.

월성다방과 홍수진 시인

    월성다방을 말하기 전에 다방주변 이야기부터 좀 해야겠다. 울산 원도심 시계탑 일대는 1990년대 초반까지만 해도 울산 최고 번화가 였다. 그러나 지금은 변화를 거부한 듯 옛 모습으로 남아있다. 도시 가 발전할수록 서울 명동처럼 상권이 더 발전해야 하는 것이 기정이 치인데 이 지역은 울산이 공단도시에서 산업수도 광역시로 발전할수 록 뒤로 가는 자전거처럼 원점에서 앞으로 나아가지 못했거나 멈추 었다. 아이러니컬한 현상이다.

    상권이 공업탑 로터리로 옮겨가면서 시내 금싸라기 점포들이 문을 닫기 시작했다. 시계탑 사거리 일대 점포는 오래동안 임대 쪽지가 붙 었다. 비바람에 찢기고 너덜거리는 임대현수막은 과거 상상도 못할 일이었다. 문화의 거리 조성 후에도 여전히 썰렁하다. 잠든 원도심의 적막을 깨우듯 시간마다 시계탑 꼭대기 미니 철로를 달리는 기차가 기적을 울리는 것이 고작이다.

그나마 다소 위안이 되는 것은 수 년 전부터 시계탑을 중심으로 울산 원도심에 에이치자형 문화의 거리가 만들어졌다. 울산 문화 부흥을 기대했지만 실제와는 거리가 멀다. 소공연장, 공예제작소 등이 활성화 돼야 하는데 이 거리에는 커피점들이 대세다. 창작지원금을 받아 들어왔던 예술인들은 경제적 부담으로 떠나고 있다.

월성다방은

월성다방은 시계탑 중심도로인 큰 길에서는 보이지 않는다. 중앙농협 옥교동지점 건너편 중앙시장 골목으로 한 블록 들어와 있다. 숨어 있는데도 그 시절은 사람들이 용케 찾아왔다. 늘 자리가 없었다. 울

구 시계탑(2010년)

산시 중구 중앙시장길 2번지가 월성다방이 있었던 건물 신주소다.

기억을 더듬어보면 월성다방 맞은편에 2층 규모의 울산목욕탕이 있었고 그 옆 건물 2층에 예나르다방(신화다방)이 있었다. 더 쉽게 말해 시계탑 사거리 한일은행(우리은행)에서 학성공원 방향으로 100여 미터 거리에 울산 최초 주상복합건물인 진흥상가·개나리 아파트 진입 도로가 있고 이 도로와 한일은행 뒤 골목길을 물고 있는 코너 건물 2층이 월성다방이다.

대략 설명해도 그 시절 이 시장골목이 얼마나 잘나갔던 곳인지 짐작이 갈 것 같다. 시계탑 주변 상가는 금은방들과 유명 전축 전문 오디오점들이 즐비했다. 월성다방은 그 상가들 중심에 보석처럼 박혀 있었다. 다방으로 올라가는 한일은행 뒤 골목길은 옷을 수선하는 가

월성다방. 지금은 중앙전통시장 고객지원센터가 입주해 있다.(2010년)

게들이 담벼락을 따라 있었다. 늘 10여대의 재봉틀 돌아가는 소리가 요란했다. 다방 1층은 유명했던 남성복 의류메이커 SS패션이 있었다.

하지만 1990년대를 시점으로 한 곳 두 곳 유명점포들이 문을 닫고 신정동 공업탑 주변으로 이전했다. 그러기를 십 수 년, 그 화려했던 시절은 과거가 되고 월성다방자리에 중앙전통시장 고객지원센터가 입주해 있다. 세상은 변화무쌍하다.

낭만의 시인 홍수진

월성다방이 음악다방으로 유명해지게 된 이유가 있다. 홍수진 시인이 있었기 때문이다. 월성다방이야기를 하면서 울산문인협회 제23대 회장 재임 중 타계한 홍수진 시인을 빼놓을 수 없다. 홍 시인이 1980년 울산문화방송에 PD로 옮겨가기 전 그는 이 다방에서 몇 개월이었지만 DJ로 있었다. 그 기간이 월성다방을 유명 음악다방 대열에 합류시켰다.

내가 월성다방에서 홍 시인을 만난 때는 1979년 늦봄이었다. 가죽재킷에 가죽바지, 장발, 그리고 튀어나온 광대뼈, 움푹 패인 눈매가 그의 상징이었다. 음악다방 DJ가 대중인기스타로 각광받던 시절 홍 시인이 DJ로 월성다방에 와 있다는 것은 입소문을 타고 순식간에 퍼져나갔다. 청춘들이 이 다방으로 몰려들었다.

유명 가수들이 나이트클럽에 출연한다는 포스터를 보고 몰려가는 현상과 비슷했다. 당시는 직장에 출근해서도 퇴근 후 어느 음악다방에 갈 것인지가 친구들끼리 화제였다. 그만큼 유명 DJ가 출연하는 음악다방은 대중들의 사랑을 받았다.

퇴근 후 사내 식당에서 간단하게 저녁식사를 해결하고 그를 만나기 위해 월성다방으로 달려갔던 시절은 대한민국이 공업국가로 굴기하던 때였다.

현대자동차 연간 차량생산대수가 10만대를 돌파했다는 것이 대한민국 모든 언론에 톱기사로 대서특필 되던 시절, 울산은 청춘들 꿈을 이뤄주는 희망도시로 급성장하고 있었고 다방은 이들의 객기를 풀어주는 쉼터로 인기를 누렸다.

1970년대를 지나 80년대 말까지 음악다방이 성업하던 때, 사람들은 각각 단골 음악다방이 있었다. 음악다방을 찾아오는 청춘들로 시계탑 일대는 늘 북적거렸고 리어카에서 바나나를 팔아도 대기업 근로자만큼 수입을 챙겼다. 밤이면 월성다방 앞 옥골시장 일대는 포장마차가 진을 쳤다. 깡통에 카바이드 덩어리를 넣은 칸델라 등불 아래서 소주와 멍게를 팔았던 상인들의 얼굴에도 희망이 넘쳤다. 이 모두가 음악다방이 기여한 공로다. 월성다방에 올라가다 잠시 포장마차에 들러서 소주 한 잔에 멍게 한 점을 먹고 입을 쓰윽 닦던 그 시절은 아무리 생각해도 못 잊을 추억이다.

울산시인 홍수진

울산문단에서 홍 시인만큼 관심을 끈 문인이 별로 없다. 많은 시집을 내지도 않았다. 그러나 그는 여러 사람들의 관심 대상이었다. 그는 말이 별로 없는데도 묘한 매력이 있던 시인이었다. 그러나 아쉽게도 1997년 9월, 49세의 나이로 타계했다. 청람 최이락 선생이 쓴 울산 중구문학 제3호(2015년 발간)에 보면 양산 원동 태생이었으며 1970년대 포항에서 「해원」 시동인으로 활동했다는 기록이 있다. 그후, 울산에 터전을 잡으면서 타계할 때까지 울산사람, 울산시인으로 살았다. 1977년 이준웅 시인과 낸 시집 「들풀」과 1980년 김종경 시인과 낸 「김종경, 홍수진 2인 시 작품집」, 1994년 유일한 단독시집 「오늘 밤 내 노래는 잠들지 않는다」도 모두 울산에서 냈다.

홍수진 시인

최백호가 부른 「영일만 친구」의 실제 모델이기도 한 홍 시인이 울산문단에 끼친 영향은 많다. 타계하고 나서 고향 지인들에 의해 양산 원동 낙동강을 내려다보는 매화언덕에 시비가 세워졌다.

다시 그의 음악다방 DJ시절 이야기로 돌아가 보자. 시집 「들풀」 표지 사진을 보면 아이 머리통만한 헤드폰을 끼고 앉은 모습이 있다. 그가 이 나라 대중음악을 사랑한 뮤지션이기도 했다는 증명이다. 울산문화방송 PD로 가기 전 월성다방은 빈자리가 없었다. 홍 시인이 출연하면서 음향시스템을 최신으로 바꾸었다는 소문이 나기도 했었다.

내가 이 다방에 들어가 자리에 앉으면 그는 1956년 미국 가수 진 빈센트가 불렀고 엘비스 프레슬리, 비틀즈, 존 레논 등이 불러 크게 히트한 「비밥바룰라」를 들려주었다.

그러나 월성다방에 오래 있지는 않았다. 그가 떠나고 다른 DJ가 왔는가는 기억이 없다. 어느 날 갔을 때 월성다방은 어떤 이유에서인지 업종을 막걸리 파전 식당으로 바꾸었다. 막걸리, 파전, 골뱅이 무침 등등 메뉴가 적힌 대형 주걱을 종업원이 쑥 내미는데 적응하지 못하고 순간 뜨악해했던 기억이 생생하다.

7080 청춘들, 추억 속 월성다방

머리숱이 하얗게 센 7080 청춘들을 만나면 늘 하는 질문이 있다. 그 시절 기억나는 거 없냐고. 즉답으로 첫 번째가 음악다방이었다.

한 친구는 레지에게 커피 한 잔 사주고 폼 잡던 시절을 떠올리며 비밀스레 웃었다. 벌어진 입술 사이로 엉성한 치아가 대한민국 산업역군 훈장처럼 보였다. 역경의 삶을 치열하게 살아온 흔적들이다.

1970~1980년대 20, 30대 팔팔한 젊음을 불태웠던 그 시절, 번영하는 조국의 산업역군으로 일했던 청춘들이 수 년 전부터 한 명, 두 명 직장에서 물러났다. 이들처럼 다방들도 퇴역 장교처럼 사라지고 있다.

히피문화와 DJ

음악다방을 생각하면 장발의 DJ모습이 먼저 떠오른다. 유행 따라 사는 것도 제멋이라고 모두들 DJ 헤어스타일 따라잡기에 나섰다. 젊

월성다방에서 나오면 만나는 골목, 시계탑 사거리와 연결된다

은이들의 눈까지 아예 머리숱으로 덮어버린 헤어스타일은 결국 청바지와 더불어서 히피문화를 만들었고 대중문화의 중심을 이끌었다.

다방을 뻔질나게 드나들었던 영숙이는 "뮤직 박스 안에서 담배를 피우던 DJ오빠가 담배연기를 입안에 가득 머금고 하늘을 향해 '후~' 불 때마다 동글동글한 연기구름이 쏟아져 나오기도 했다"고 추억했다. 그 때를 살았던 사람들은 음악다방 이야기를 끄집어내면 시간 가는 줄 모른다.

그들에게 음악다방 추억은 잊을 수 없는 보물이었다.

현대차에서 정년퇴직한 친구는 직업을 찾아 울산으로 왔던 그 때, 울산 효문 들판은 황금 벼가 넘실됐으며 울산공설운동장 주변일대는 병영역까지 미나리꽝이었다고 했다. 남구 삼산에 이어 상업지가 된

월성다방으로 오르는 계단입구. 오랫동안 이 골목은 옷수선으로 유명했다.

진장 명촌은 비가 오고나면 인근 동천강에서 미꾸라지를 잡던 전형적인 농촌마을 모습이었다.

그 때는 효문 사거리 방어진 방향에 검문소가 있었다. 퇴근 후 학성공원 앞 니나노 집에서 술 먹고 지갑 다 털린 후 차비가 없어서 양정동 숙소까지 수시로 걸었다. 한 번도 그냥 보내주는 법이 없는 검문소 초병에 대한 기억도 난다.

가끔 DJ 오빠 쟁탈전도

음악다방은 여성 팬들끼리 DJ를 두고 신경전이 예사롭지 않았다. 아침 문을 열 때부터 뮤직 박스 앞에 죽치고 앉은 아가씨들도 있었다. 이들의 DJ 오빠를 향한 지극정성은 감동이었다.

입이 심심할까봐 담배에 불을 붙여 뮤직 박스 안으로 밀어 넣어주는 것은 기본이었다. 수시로 음료수도 대령시켰다. 그러나 꿩 잡는 매가 있듯이 DJ오빠와 데이트하는 아가씨는 따로 있었다. 노래 신청하는 척하면서 메모지에 약속장소를 적어주고 성공하는 그 날은 일진이 아주 좋은 날이었다. DJ오빠가 월성다방 출연시간이 끝나고 인근 청자다방으로 옮기면 팬들이 그를 따라 '우루루' 몰려다니는 진풍경도 흔히 볼 수 있었다. DJ오빠가 감미로운 목소리일 때 그가 출연하는 음악다방은 여성 팬들로 빈자리가 없었다.

DJ 패션도 있었지

DJ가 안경을 닦을 때 쓰는, 부드러운 세무가죽수건으로 LP판을 닦고 있거나 신청한 음악을 들려주기 위해 판을 찾고 있는 모습들을 7080 세대들은 대부분 기억하고 있다. 그 시절 이야기를 하면 그들은 지그시 눈을 감는다. 오매불망 기다리던 월급을 받아서 원하는 LP판을 구입했을 때 가슴이 뿌듯했었다. 추억이 못내 그리운 모습들이다.

DJ들의 자유스런 옷차림도 청춘들의 사랑을 받았다. 청재킷을 입었다면 그 이튿날 몇 사람이 똑같이 입고 다방에 나타났다.

쌍 나팔 전축이 부의 상징일 때 장발에 헤드폰을 끼고 있는 DJ 모습은 뭔가 남다른 매력이 있었다. 그 모습을 눈여겨본 청춘들이 월급날 시내 전파사 헤드폰을 완판했다는 소문도 지금은 호랑이 담배 피우던 시절의 이야기 가운데 중요 레퍼토리다.

대마초 단속, 음악다방 된서리 맞아

80년대를 지나면서 다방은 사회적 변화에 따른 우여곡절을 겪었다. 첫째가 대마초 사범 단속이었다. 많은 스타가수들이 이 때 붙잡혀갔다. 최전선 대중음악 전달자로서 인기를 누렸던 DJ들도 대마초 사범으로 걸려들면서 음악다방들이 문을 닫는 등 된서리를 맞았다.

월성다방이 일찍 업종을 전환한 것이 어찌 보면 잘한 일인지도 모른다.

대마초 사범 단속과 함께 음악다방들이 갑자기 퇴폐문화의 온상처럼 인식돼버렸다. 경찰 수사가 확대됐고 유명 DJ들이 걸려들었다. 공중파 방송사 PD들이 대마초를 피운 혐의로 언론에 노출되면서 연예계는 쑥대밭이 됐다. 대마초 사범으로 걸려든 가수들이나 연예인들은 방송출연이 금지됐고 약 4년간 공백기를 겪은 후 해금이 되기는 했지만 대마초 사태는 많은 연예인들이 가수 활동을 그만두고 종교지도자로 활동하는 계기가 됐다.

월성다방 희망 곡 베스트 10

이 시절 음악다방을 중심으로 한 인기곡들은 윤항기의 '장밋빛 스카프', 전영의 '어디쯤 가고 있을까', 이종용의 '너', 정종숙의 '달구지', 임성훈의 '시골길', 조용필의 '돌아와요 부산항에' 등이 청춘들 희망 곡 베스트 10에 들었다.

그 중에서도 1972년 발표된 조용필의 '돌아와요 부산항에'는 어느 음악다방에서나 공전의 히트였다. 이후 1978년 최병걸이 부른 '난 정말 몰랐었네' 역시 절정의 인기를 누렸다. 하지만 대마초 사범 단속 등으로 어수선한 시대가 끝나면서 음악다방도 급격히 늘어난 TV 등에 밀려 화려했던 시절을 접어야했다.

음악다방이 문을 닫은 것은 여러 이유가 있겠지만 가장 큰 이유는 먹고사는 것이 크게 나아지면서 집집마다 TV가 보급됐고 공중파 방송을 중심으로 코미디 등 대체 오락프로들이 급속도로 발전하면서 대중문화보급소 역할을 했던 음악다방들은 사막의 신기루처럼 우리

들의 추억 속으로 사라졌다.

마무리

월성다방이 문을 닫은 지가 벌써 40여 년이 지났다. 그런데도 그 다방을 생각하면 기억나는 사람이 있다는 것은 반가운 일이다. 이 다방 주인은 누군지 크게 의미가 없지만 홍수진 시인은 잊을 수 없다.

홍 시인을 기리는 행사가 해마다 매화꽃이 만발하는 초봄, 양산 원동 그의 시비가 있는 매화동산에서 지인들끼리 개최됐다. 그러나 이 아름다운 행사도 '코로나 19'라는 역병으로 벌써 2년째 중단되고 있으니 안타까울 뿐이다.

월성다방에서 처음 만났던 홍 시인, 그가 남긴 시집을 갖고 있는 것만으로도 나는 참 행복한 사람이다.

청자다방

울산 음악다방의 효시

7080 청춘들에게 편지를 쓴다.

청춘들이여! 1970년대 말과 80년대. 격동의 시대. 그 때를 잊지는 않았겠지요. 그 시절 추억 속에 청자다방도 있겠지요. 생각하건데 그 때 저녁 아홉 시 TV종합뉴스는 시작부터 대학생들 데모 영상이 자주 실렸었지요. 경찰과 대치하면서 생업위기를 호소하는 상인들의 굳은 표정 인터뷰가 양념처럼 간간이 우리들의 시선을 끌기도 했었지요. 대학가 주변은 학생들과 경찰이 대치하면서 너저분하게 벽돌들이 흩어졌었지요. 지금 그 시절 대학생들이 정치를 하고 있는데 나라는 여전히 시끄럽네요.

그 때는 종합뉴스에서 희뿌연 최루탄 가스가 도심을 뒤덮는 영상들도 자주 볼 수 있었다. 그래서 보는 사람들도 '그러려니' 하고 무덤덤했다. 경찰차들이 도로를 성벽처럼 막고 있는 영상들과 긴급조치

제 몇 호가 발령됐다는 자막을 보고도 일상인 듯 했었다.

청춘들의 가슴은 늘 잿빛하늘 같이 우중충했고 경찰은 청춘들의 화를 돋우기라도 하듯 '풍속규제에 관한 법률위반'이라는 다소 긴 법을 적용, 장발과 미니스커트 단속에 열을 올렸다. 단속하거나 말거나 아가씨들은 기를 쓰고 무릎 위 30센티미터를 넘긴 미니스커트를 입었고 나팔바지 청년들은 귀를 덮는 히피스타일 장발을 유행시켰다. 그 유행의 정점에 음악다방 DJ오빠가 있었다.

암울했던 시절 음악다방들은 청춘들 삶에 어떤 영향을 끼쳤을까, 지금 사는 형편이야 그 때와 비교할 수 없이 잘 살지만 정신적으로까지 더 풍족하다고는 말하기가 곤란하다. 격동의 시대를 치열하게 산 7080청춘들은 그 때 그 음악다방들을 어떻게 기억하게 하고 있을까. 알딸딸한 추억 속에 박힌 보석 같은 음악다방들을 끄집어내본다. 양

원조 시계탑(1960년대말, 서진길 사진가 제공)

은냄비처럼 찌그러진 청춘들의 아픔을 보듬고 달래준 것은 음악다방이었고 공단도시 울산에서는 청자다방이 그 역할을 했다. 시대적 아픔을 나누는 특별한 공간, 청자다방을 추억사진첩 꺼내듯 조심스레 들추었다.

청자다방은

울산에서 청자다방을 모르면 간첩이란 소리를 듣던 시절이 있었다. 변방 울산이 공업도시로 굴기하던 1970년대와 80년대였다. 청자다방은 구 상업은행 맞은 편 음악 감상실 '무아'보다 더 알려졌던 대중문화 산실이었다. 7080청춘들은 청자다방 이야기만 해도 입이 헤벌쭉해진다. 이 다방은 시계탑에서 울산교로 나가는 일명 울산 명동 거리, 현재 성남동 뉴코아 아울렛 맞은편 D생활용품매장 2층에 있었다. 그러나 생각보다 옛 터를 찾기가 호락호락하지 않았다.

여름이 끝나갈 무렵 청자다방 흔적을 찾으러 갔다. 그러나 쉽지 않았다. 다시 집으로 돌아와서 40년 전 다방들을 떠올리며 원도심 다방 지도를 그렸다. 몇 번 실수를 거듭한 끝에 겨우 마무리를 했다. 그려 놓고 보니 생각보다 잘 그렸다며 자화자찬했다.

내가 그린 지도를 들고 시계탑에서부터 자를 재듯이 한 걸음, 두 걸음 옮겨가면서 주변을 확인했다. 전영의 '어디쯤 가고 있을까'를 흥얼 그리며 여기저기 기웃거리다 과거 주리원백화점(현, 뉴코아 아울렛) 옥외매장 앞에서 걸음을 멈추었다. 맞은편 건물이 기억과 일치하는 청자다방 건물임을 확인했다. 아직도 과거 흔적이 남아있었다. 2층 추녀 마감재가 그 때도 대리석이었다. 건물은 낡았어도 명품 옷을 입은 듯 귀티가 났다.

아슴푸레한 기억 속에 자리한 청자 다방, 그간 업종이 여러 번 바뀌어서 지금은 다방이었던 어떤 흔적도 남아있지 않았지만 당시 이 건

정은영이 그린
울산 원도심 다방지도
(1970~1990)

물은 번화가 3층이어서 높이만으로도 이름값을 했다. 주변상가들이
헌 타이어로 슬레이트나 양철지붕을 누른 하꼬방 1층 건물들이 즐비
하던 시절, 청자다방은 돋보였다.

1970년대 중, 후반기 고등학생이었던 홍대식씨는 고 3때 방위병
이라면서 사복을 입고 가끔 청자다방을 들락거렸다고 했다. 웃음이
나지만 다방이 청소년들 출입금지구역이던 시절 이야기다.

이 다방 인기 스타는 'DJ 이과수씨'

음악다방 얼굴마담은 단연 DJ였다. 유리창 너머 뮤직 박스속의 DJ
들은 왜 그리도 멋졌던지. 그 시절 젊은이들이라면 누구나 한번쯤은
DJ를 꿈꾸기도 했다.

7080 시절 청자다방은 자타가 인정하는 3명의 인기 DJ가 교대로 출연하고 있었다. 오래전 고인이 된 DJ 이과수씨도 청자다방이 명성을 얻는데 이름을 올렸다. 수 년전 복고풍 대중음악이 다시 뜨면서 윤형주, 송창식, 김세환 등 세시봉 출신들이 방송가를 휩쓸었던 적이 있다. 지금도 이들은 세시봉출신이라는 자부심으로 나름의 음악그룹을 형성하고 있다.

이에 덧대서 울산 세시봉 같은 요람이 청자다방이었다고 하면 누가 시비를 걸까, 울산 언더그라운드 음악을 이끌었던 곳, 첫 번째가 청자다방이었다.

이과수씨 등 울산 유명 DJ들이 번갈아 출연한 청자다방은 방송국 못지않은 음악프로그램으로 유명했다. '정오의 희망 곡'을 비롯해 '2시에 만납시다.' '한밤의 DJ쇼'등을 지금도 기억하고 있는 광팬들이 있다. '2시에 만납시다.'를 진행하는 시간대는 평일에도 홀에 들어가지 못한 청춘들이 다방 계단까지 줄을 이었다.

벽체만이 청자다방 시절을 회상케 한다.

치열한 줄서기 경쟁을 치르고 삼삼오오 자리를 차지한 청춘들은 유리창 속 'DJ' 목소리와 함께 흘러나오는 감미로운 음악에 취해 몇 시간은 자리를 뜨지 않았다.

요즘말로 멍때리는 시간이었다.

때로는 보컬그룹의 록 음악이 나오면 마치 리드 싱어가 된 듯 노래를 따라 부르며 몸장단을 맞추었다. 지난 1970년대를 거쳐 1980년대 중반까지 시계탑을 중심으로 사방 200여 미터 안에 자리했던 '음악다방'들 풍경이다.

실내는 늘 담배 연기가 자욱했다. 탁자는 노래 신청용 메모지, 추억의 돈표 성냥 곽이 놓였다. 심심한 청춘들

청자다방 앞길, 2021년 가을이 저물고 있다.

은 성냥개비를 둥개둥개 모아 집을 짓거나 '뚝뚝' 분지르면서 무료한 시간을 축냈다.

아가씨를 기다리던 총각은 속이 숯덩이가 돼서 "어이, 레지 엽차 한 잔 더"했고 눈초리가 샐쭉하게 올라간 아가씨가 엽차 잔을 들고 와서는 탁자에 '탁' 소리 나게 내려놓으며 무안 주듯이 "커피는 안 시키능교"했던 시절, 그 꿈 많았던 청춘들은 지금 다 어디로 갔을까.

이쯤에서 청자다방 분위기를 알 수 있게 내가 최근 쓴 연극 대본을 소개한다. 제목은 '청자다방 미스 김'이다.

같은 날 오전 10시. 청자다방 영업시작.
조용필의 '돌아와요 부산항에'가 흐른다.

다방 문이 열리면서 무릎 위 한참 올라간 미니스커트를 입은 여자손님1. 2. 3이 문이 열리기를 기다렸다는 듯 우루루 몰려든다. 이들은 다방에 들어서자마자 뮤직 박스 앞 탁자로 몰려간다. 이들이 DJ 오빠와 눈길이 마주치자 DJ 오빠는 기다렸다는 듯 조용필의 '돌아와요 부산항에' 후속곡으로 최병걸의 노래 '난 정말 몰랐었네'를 들려주면서 가볍게 이들과 눈인사를 한다. 레지들은 엽차 잔을 나르느라 정신없이 바쁘다. 잠시 후 남자손님2가 들어와 자리에 앉는다.

여자손님1. 탁자위에 놓인 신청곡 메모를 급히 챙겨서 김인순이 부른 '여고시절'을 적는다. 그리고는 껌 한 개를 메모지에 싸서 쪽지와 함께 뮤직 박스에 밀어 넣는다. 약간 상기된 표정으로 자리로 돌아와서는 뮤직 박스를 애정가득한 눈길로 바라본다.

DJ오빠 : (특유의 장발을 앞에서 뒤로 확 쓸면서) 오늘의 첫 곡은 김인순의
        '여고시절'입니다. 노래가 나가기 전 이 노래 신청하신 분을 만나봅
        니다. 어디 계세요?

앞쪽에 앉아 있던 여자 손님 1이 손을 든다.

DJ오빠 : 아! 바로 앞에 계셨군요. 올해 춘추가 어떻게 되세요. 그리고 안면
있는 얼굴입니다. 다방에 자주 오시죠? 오실 때마다 이 노래를 신
청하시는데 그럴만한 이유가 있나요?

여자손님1 : (부끄러운 듯 엽차를 홀짝거리면서) 아가씨 나이는 비밀이라서
밝힐 수 없고예. 별다른 이유라기보다는 여고시절 무지 좋아했
던 총각 샘이 계셨는데 제가 졸업하고 결혼하자 캤더니 그만 이
듬해 다른 학교로 전근 갔뿟어예. 그때 내 심정 알지예. 참말로
죽을라꼬도 했어예. 못살겠데예. 하지마는 지나고 보니 세월이
약이드라고예. 그라고 중요한 것은 DJ 오빠님이 우리 샘과 진
짜 판박이로 닮았습니다. 그 바람에 이 다방 단골이 됐습니다.
그리고 저는 그 시절 기분으로 늘 밥 먹기 전에 물 마시듯 이 노
래를 들어야 오늘 하루가 무사해집니다. (DJ 오빠가 묻지도 않
았는데 약간 통통한 몸매를 숨기듯) 나 여고시절은 많이 예뻤어
예.

손님들 웃는다. (중략)

젊은 날 이 다방을 단골로 드나들던 시절의 아릿한 추억이야기 가
운데 한 대목이다.

연극 '청자다방 미스김' 공연을 앞두고 연습이 한창이다.(2021년 11월)

청자다방 입구에서 강변으로 나오다 만나는 왼쪽 첫 골목으로 들어섰다. 중앙시장에서 학성동 구 울산역으로 나가는 주요 골목으로 그 때는 리어카 상인들이 자리 값을 내고 장사를 했을 만큼 북적였다. 이 거리에 점포 하나 있으면 똥배 내밀고 부자소리 듣던 중앙시장 골목도 한산하기는 마찬가지다. 떡볶이가게 앞에 몇몇 청춘들이 있고 갯장어(일명 꼼장어) 골목으로 나가는 길은 한낮이라서 그런지 썰렁하다. 꼼장어집 앞에는 연탄화덕이 있었고 꼼장어를 굽는 냄새가 발길을 붙잡았는데 청춘들의 입맛도 달라진 것이다.

이 다방과 찰떡궁합이었던 태화극장은 수 년전 멀티플렉스 영화관으로 개관했다. 태화극장에서 중부소방서로 가다 태화강변으로 돌아나가는 사거리 송암약국 건너편에 울산극장, 몇 걸음 더 가서 오른편에 그랜드호텔과 벽을 경계한, 지금은 사라진 천도극장이 있었다. 그 때는 극장과 다방이 최고 문화시설로 인정받았다.

그 시절, 극장에서 영화를 보고나온 청춘들이 우선 1차로 들르는 곳이 다방이었다. 여러 다방들이 있었지만 청자다방이 청춘들에게는 0순위였다. 이 다방은 2층 계단입구까지 줄을 서야 하는데도 청춘들은 당연하다는듯 기다렸었다. 남구 신정시장 칼국수 골목처럼 유독 한 집만 줄을 서는 현상과 비슷했다. 영화가 끝나면 청자다방에 먼저 들어가기 위해 뛰었던 기억이 새롭다.

청자다방 레지들에게 단골로 인정받았던 그 때가 내 인생에서도 봄날 파릇한 싹을 피워 올렸던 청춘의 황금기였음은 분명하다.

7080 청춘들은 김만수의 '푸른 시절'처럼

'하늘과 땅 사이에 꽃비가 내리더니 어느 날 공원에서 그녀를 만났다네 / 수줍어 말 못하고 얼굴만 붉히는데'

세상 무서운 줄 모르고 한껏 젊음을 누렸던 그 때는 참 아름다웠던 시절이었다.

어느 날 금지곡 쏟아지다

대마초 파동 이후 1980년대 들어서면서 청춘들의 인기를 얻은 곡들이 대거 금지곡으로 지정됐다. 그 당시는 어떤 이유인지 몰랐고 한 마디 대꾸도 못하고 멍한 상태에서 당했다. 사회 분위기는 얼음장처럼 더 차가워져 갔다. 서로 눈치를 보듯 하며 살아야 하는 세상이었다.

　청춘들은 이런 억압된 공포 분위기를 견디지 못했다. 스스로 해방구를 필요로 했다. 이 때 음악다방이 그들을 불러들였다. 그 시절 아이러니한 것은 음반시장이 금지곡 지정 등으로 된서리를 맞은 것과는 반대로 음악다방들은 장사가 잘 됐다. 금지곡 지정으로 방송에서 들을 수 없는 노래들을 신청하는 광팬들이 늘어나면서 음악다방들은 문전성시를 이루었다. 금지곡들이 폭발적인 사랑을 받는 기현상이 일어났던 것이다. 민족문제연구소가 정리한 그 노래들 중 몇 곡을 옮겨 적는다. 신중현과 엽전들 '미인', 이장희 '그건 너', 김민기 '아침이슬' 김추자 '거짓말이야', 이미자 '동백아가씨', 이금희 '키다리 미스

청자다방 주변 골목.

터 김', 배호 '0시의 이별', 송창식 '왜 불러', 양희은 '이루어질 수 없는 사랑', 김정미 '바람', 한대수 '행복의 나라로' 등등이다.

이미자의 동백아가씨는 국내 최초 음반 판매량 10만 장(35주간 가요 순위 1위)을 돌파한 국민가요였지만 일본 엔카 스타일 창법으로 왜색가요 논란이 있었고 그래서 금지곡으로 지정됐다. 배호 '0시의 이별'은 통행금지 시간을 넘겼다고 해서, 송창식의 '왜 불러'는 장발 단속을 할라치면 '왜 불러' 하고 도망간다는 것 때문에, 여하튼 금지곡이 된 이유도 각양각색이었다. 양희은은 어느 날 방송에서 "'이루어질 수 없는 사랑'은 가사가 퇴폐라고 해서 금지됐다"고 했다. 그 시절 금지곡이 된 사연들은 들을수록 이해불가지만 가슴 아픈 시대를 노래한 대중음악사의 한 페이지에 빛나는 보석으로 남았다.

돌아보면 이선희의 '아! 옛날이여' 라는 대중가요 가사처럼 그 때 그 시절이 콧등 찡하게 그리워진다. 인터넷을 뒤졌다. 전국에는 아직도 '청자다방' 간판을 단 곳이 여러 곳 있었다. 울산 청자다방도 복원됐으면 한다.

마무리, 작은 기대

울산 중구도 시계탑 일대를 중심으로 종갓집 문화의 거리를 만들었다. 구 울산초등에서 시작해 시계탑 사거리를 지나서 울산교까지 이어지는 문화의 거리, 차량은 울산교에서 구 울산초등까지 일방통행이다. 주변 상인들은 걷기도로를 만들면서 가로수를 문화의 거리에 맞추지 않고 선택하는 바람에 이상한 문화의 거리가 형성됐다고 불만이다. 어쨌거나 이 골목을 걷다가 무작정 들어가 커피 한 잔 마실 수 있는 그런 다방이 없다는 것은 유감이다.

문화인류학자들은 인간이 절망하지 않고 사는 이유가 과거의 아릿한 추억이 있기 때문이라고 한다. 우리는 그 추억 속에 청자다방을 간직하고 있다.

울산 원도심, 문화의 거리에는 커피 전문점들이 무수하다. 그 중에 다방은 없다. 문화의 거리가 각박한 세상을 살면서 잃어버린, 희미한 옛사랑의 그림자를 떠 올리는, 추억과 현대가 조화를 이루는 거리가 되었으면 한다. 그러려면 첫 번째가 다방이 있어야 하는데, 정 이것도 저것도 안된다면 '이 거리 어디 메에 청자다방이 있었지,' 하는 예쁜 위치석이라도 설치되기를 두 손 모은다.

맥심다방

2021년 가을이 깊어가고 있다. 추석을 지나면서 완연한 가을 기운이 자리 잡았다. 아침 저녁으로는 제법 쌀쌀하다. 올해는 유난히 가을비가 잦다. 하루가 멀다 하고 찔끔거린다. 꿀꿀한 기분이 습기를 머금는다. 습관적으로 휴대폰에서 7080 노래를 찾는다. 오늘처럼 가을비가 내리는 날은 최 헌이 부른 '가을비 우산 속'이 딱 좋다.

그리움이 눈처럼 쌓인 거리를
나 혼자서 걸었네 미련 때문에
흐르는 세월 따라 잊혀진 그 얼굴이
왜 이다지 속눈썹에 또다시 떠오르나

한적한 카페, 첫 손님으로 들어서면서 이 노래를 듣는 착각에 빠져

하루를 시작한다. 비가 내려서 곰팡이가 필 것 같이 눅눅했던 기분도 습기제거제 같은 이 노래 한 곡으로 뽀송뽀송해진다. 노래는 이상한 마력을 지니고 있다.

가을이 깊어 가는지 아닌지 판단은 하늘을 보면 안다. 가을이 깊어져 가면 하늘은 자꾸 투명해지고 높아져 가기 때문이다. 만추의 계절, 코스모스 씨방이 거무스름한 빛을 띠며 여물어가고 있다. 시월 말, 일교차가 심해지고 있다. 감성의 계절이 빨리 저물랑갑다.

계절이야기 하나를 더 보탠다.

태화강 하류 억새들은 9월 말부터 피기 시작하고 10월 들면서 절정이다. 이 때는 아직 꽃대가 마르기 전이라 물기를 잔뜩 머금은 억새들 군무가 볼만하다. 틈나는 대로 자전거를 타고 태화강 하류 억새밭을 누빈다. 도심에, 그것도 산업도시 울산에서, 한때는 죽음의 강이라 불리기도 했던 태화강 끝자락에 이만한 풍경이 존재하고 있다는 것은 울산 시민들에게 큰 복이다.

사설이 좀 길었다. 원인을 모두 가을 탓으로 돌리면 아무 탈이 없을 듯하다.

이제는 승용차에서 CD로 음악을 들을 수 있는 공간이 점차 줄어든다. 휴대폰에서 듣고 싶은 곡들을 선택하면 된다. 가을노래 한 곡을 더 고른다. 참으로 편리한 세상이다.

오랜만에 듣는 낯익은 목소리 주인공은 고인이 된 최병걸이다.

발길을 돌리려고
바람 부는 대로 걸어도
돌아서지 않는 것은 미련인가
아쉬움인가 …

이 노래는 1977년과 78년 그 후까지 대중들의 열렬한 사랑을 받았
다.

버스가 주요 교통수단이던 그 때 시내·시외버스를 막론하고 차에
오르면 '난 정말 몰랐었네'라는 최병걸의 히트송이 영순위로 전파를
탔다. 장발이 대세였고 경찰은 그들을 붙잡아 다짜고짜 가위질을 했

태화극장 맞은편 2층 맥심다방.

었다. 아가씨들은 미니스커트를 입었고 경찰은 자를 들고 다니며 무릎 위 30㎝를 단속했다.

삶이 무던히도 힘들었던 시기였지만 추억 속에서는 화려한 청춘으로 부활한다. 몽매에도 그 시절이 그리운 건 다시는 돌아갈 수 없기 때문이리라. 밤 열두시가 통금이던 때, 방범대원들이 곤봉을 '딱딱' 두드리며 통금 위반자를 붙잡기 위해 거리를 누볐다. 이 때 붙잡히면 이튿날 호송버스를 타고 부산 서면 부전역 앞 즉결심판소까지 가서 3일 구류처분이거나 5천 원의 벌금을 물어야 했다. 돈이 없는 사람은 3일 동안 유치장 신세였다. 서글픈 시절의 추억이다.

그 때 그 시절 그리운 시절

7080 세대, 이들이 사회활동을 시작한 당시, 대한민국은 경제개발 5개년 계획 등으로 앞만 보고 뛰었다. 전국 방방곳곳에 포클레인 굉음이 요란했다. 모두들 열심히 일했고 퇴근 후 시내로 나온 청춘들은 음악다방으로, 극장으로 몰려들었다. 약속을 정해놓아도 회사에서 잔업 명령이 떨어지면 꼼짝없이 약속은 자동 취소였다. 회사 사정 따라 들쑥날쑥한 퇴근시간으로 영화 상영시간을 맞추기 어려웠던 시절, 우선 커피 한 잔 마시며 대기했던 공간이 음악다방이었다.

1980년대는 청춘들의 정신적 공허감을 달래줄 그들만의 해방구 같은 공간이 극장이나 다방 이외에는 별로 없었다. 기본 코스가 영화를 보고 나와 단순하게 맥주 한 잔 하거나 고고장, 아니면 분위기 있는 음악다방을 찾았다. 지금은 상상조차 어렵지만 태화극장(메가 박스) 앞 도로를 따라 지하와 2층 곳곳에 고고장, 함박스테이크가 고급 식단이었던 경양식집, 음악다방들이 밤이면 보석처럼 빛나는 화려한 조명으로 손님들을 유혹했다.

도로 입구까지 나와서 호객행위를 했던 고고장 삐끼들 성화에 못 이기는 척, 반쯤은 끌려가듯이 청춘들은 고고장에 가서 마음껏 흔들었다. 특히 요즘 같이 비가 잦은 날, 다방에서 커피 한 잔 마시고 식당에서 반주로 마신 술이 시동을 걸어서 결국은 고고장으로 직행, 시간 가는 줄도 모르고 놀다가 막차를 놓쳐 낭패를 당했던 때도 부지기수다.

맥심다방은 언제 개업했을까?

그 역사를 잠시 들여다본다. D식품이 1980년 9월 국내 최초 동결 커피인 맥심을 출시했다. 그리고 이 회사는 적극적인 광고로 커피마니아들의 이목을 끌었다. 그 해 12월부터 시작된 컬러 방송 시대와 함께 맥심은 날개를 달았다.

1972년 최인호 소설 '별들의 고향'이 공전의 히트를 하자 전국 곳곳에 '별들의 고향'이라는 살롱이 문을 연 것과 같이 어느 도시를 막론하고 '맥심'이라는 이름표를 단 다방들이 우후죽순으로 생겨났다. 울산 맥심다방 역시 그 영향으로 도심 태화극장 맞은편 2층에서 문을 열었다. 벌써 40년 전의 일이다.

극장과 다방은

극장과 다방은 가까이 있을수록 서로 덕이 되는 보완재였다. 유명 연예인 쇼를 비롯해 지역에서 개최되는 다양한 문화행사가 수시로 열렸던 태화극장과 천도극장 이야기를 잠시 언급하고자 한다.

울산은 1962년 시 승격과 함께 우리나라 최초의 공단으로 지정된 이후 전국에서 근로자들이 모여들었다. 이 때 서일교라는 사람이 양조장을 운영하는 등 울산부자였던 장인 고기업씨에게 권유한 것이 영화 사업이었다. 해방 후 서씨 집안은 대구에서 영화관을 운영해 재미를 보았다. 따라서 서씨는 울산에 근로자들이 많아지면 영화 사업이 성공할 수 있다는 확신을 갖고 이 사업을 권유했다.

92년 태화극장.

고기업씨는 1964년에 태화극장을, 그리고 1968년에는 천도극장을 세웠다. 서씨의 예언대로 영화 사업은 대 히트였다. 당시만 해도 오락이라고는 없던 시절 근로자들이 매일 밤 영화관으로 몰려들었다. 특히 비가 오는 날이면 갈 데 없는 막일꾼들까지 영화관에 모여들었고 설과 추석에는 근로자들이 영화 한 편을 보기 위해 줄을 서서 기다려야 했다. 연예인 쇼를 공연할 때는 인산인해를 이루어 정원의 3~4배가 넘는 관객들을 입장시켜 돈을 끌었다.(출처: 울산의 극장들)

극장들은 사전에 예매해야 예정한 시간에 영화를 볼 수 있을 만큼 성황을 이루었다. 고등학생들이 시험을 치르고 단체관람을 하는 날 극장 주변은 발 디딜 틈이 없었다. 극장 주변은 모든 업종에서 장사가 잘 됐다.

맥심다방으로 올라가는 계단. 왼편 지하는 경양식 고인돌이 있었다.

맥심다방 역시 태화극장에 드나드는 손님들을 상대하는 장사였다. 극장 맞은편에 다방을 개업했다는 것은 다방주인의 타고난 상업적 기질이 엿보이는 대목이다. 음악다방으로 문을 연 맥심다방은 서로 간판이 보일만큼 가까운 청자다방과 함께 청춘들로 문전성시를 이루었다. 또 청자다방 DJ가 교체 출연한다는 것도 청춘들의 사랑을 받은 이유였다.

이 다방이나 저 다방이나 같은 DJ가 출연했다는 것은 그만큼 맥심다방 품격이 높았다는 이야기다. 유명 DJ들은 시간대별로 시내 음악다방을 순례하듯 옮겨 다녔다. 청자다방에서 맥심다방으로 DJ를 따라 40~50명이 우르르 이동하는 군상들 모습을 상상해 보라, 1980년 대는 DJ를 따라 다방을 옮겨 다니는 진풍경을 자주 볼 수 있었다.

음악다방 전성시대

코로나 19로 인해 사람 만나기 어려운 시기가 계속되고 있다. 도로를 지나다 보면 유명 커피점 앞에 차량들이 길게 줄을 서 있는 모습을 자주 보게 된다. 드라이브스루라고 한다. 차를 타고 커피를 사서 간다는 이색풍경이 지금은 낯설지 않지만 처음에는 참 어색했다.

그 시절 음악다방들 계단에 지금의 커피점 앞에 줄서 있는 자동차들처럼 들어가지 못한 청춘들이 길게 줄을 서서 입장을 기다렸다. 휴일 음악다방은 온종일 분잡했다. 돌아보면 그 때가 낭만과 젊음이 어우러졌던 시절이었다.

태화극장 맞은편 맥심다방은 다음 영화 상영시간을 맞추려는 손님들의 기다림 장소로 안성맞춤이었다. 이 다방 창가에 앉으면 멀리서부터 걸어오는 친구의 발자국 소리를 가슴으로 들을 수 있었다. 다방 창가에서 극장 방향으로 자리를 잡고 있으면 영화를 보고 나오는 사람들 모두를 한 눈에 확인할 수 있었다. 그래서 영화만 같이 봐도 이상한 소문이 나돌던 시절, 아는 누군가가 어떤 누구를 만났다는 소문이 이곳에서 시작됐다고 보면 정답이다. 이런 소문으로 홍역을 치렀던 유부남 형들과 유부녀 누나들이 주변에도 제법 있다.

청춘들 아지트로

맥심다방은 젊은이들이 많이 들락거렸다. 음악다방 수준이 인근 청자다방 못지않았지만 명성에 약간 밀렸을 뿐이다. 유명 DJ들도 청자다방 출연진이 대부분이었다. 맥심다방이 전성시대를 누렸을 때 미스터 정, 홍, 이 석

맥심다방 뒷골목.

등 유명 DJ가 뮤직 박스 황제였다. 푸른 불빛에 반사돼 파르스름하고 그래서 가냘프게 보인 그들의 손가락, 불그레한 조명에 빛나는 눈빛, 푸른색으로 반쯤 가려진 유리창 너머 뮤직 박스는 가슴 뛰는 아가씨들에게 판타지아 바로 그것이었다.

그 시절, 음악다방에서 뜨는 노래는 방송국 인기가요 순위에 곧바로 올랐다. 음악다방 존재가치가 대단했음을 보여주는 대목이다.

음악다방 특이사항으로 하루 종일 다방에서 시간을 보내는 껌 딱지 같은 청춘들도 있었다. 그 때는 먼저 나가는 사람이 커피 값을 냈다. 껌 딱지 청춘들은 안면 있는 사람을 만나면 아는 체를 해서 커피 값을 벌었다. 노골적 껌 딱지들을 만나지 않기 위해 딴 곳에 눈길을 두고 자리를 찾아가다가 다른 손님 테이블 엽차를 쏟아 세탁 비를 물어야 하는, 낭패를 당하는 경우도 종종 생겼다.

대중문화 시발점이자 종점

대중문화는 DJ들이 이끌었다. 그들의 몸짓과 손짓은 바로 유행병처럼 번졌다. DJ가 장발의 머리카락을 튕기듯 쓸어 올리는 손짓이 젊은이들 사이에 바로 전파되면서 너도나도 장발을 선호했다. 이와 반대로 직장에서는 단정한 두발을 원했다. 머리숱이 길면 안전사고의 위험이 높다며 매일 아침 출근길 정문에서 안전관리실 직원들이 장발단속을 했다. 그래서 출근길과 퇴근길에는 손바닥에 침을 묻혀서 머리숱을 다림질하듯 해서 바짝 붙였다. 한 마디로 DJ들의 일거수일

투족은 모든 이들의 관심대상이었다.

그러나 음악다방은 1980년대 중반 TV 보급 확대 등으로 서서히 자취를 감추기 시작했다. 1980년대 초, 월성다방이 먼저 간판을 내렸고 불과 몇 년 사이에 울산지역 음악다방들은 대부분 문을 닫았다. 음악다방들이 문을 닫으면서 청바지를 즐겨 입었던 청춘들은 갑자기 갈 곳을 잃었다.

영화계도 마찬가지였다. 영화는 심의 기준에 걸려들면 빠져나갈 수가 없었다. 가차 없는 가위질로 영화가 전달하고자 했던 당초 내용이 크게 바뀌기도 했으니까.

1980년대 초는 바야흐로 대중문화가 방향타를 잃어버린 시기였다. 도심은 긴급조치 발동으로 사람들의 발길이 크게 줄어들었다.

맥심다방앞 거리.

어느 날 간판을 내리다

맥심다방이 언제 문을 닫았는지는 기록이 없다. 대략 점쳐지는 것은 1990년대 초 어느 날이었을 것으로 예상된다. 1980년대 초반 다른 다방들이 대마초 등으로 된서리를 당할 때도 이 다방은 굳건히 자리를 지켰기 때문이다.

마무리

한 시대 대중문화의 산실 역할을 했던 음악다방을 생각하면 왠지 가슴이 저려온다. 뮤직 박스에서 LP판을 들고 있던 장발의 DJ 모습이 그려진다. 문화라는 것은 늘 시대를 따라 흘러가는 것일까. 아참! 맥심다방 지하에는 경양식으로 유명했던 고인돌이 있었다. 고인돌에서 오므라이스를 먹었던 기억이 난다.

가을이 깊어지면서 옷가게들은 어느새 겨울옷들을 선보이고 있다. 우수수 낙엽 지는 날, 시계탑 문화의 거리 느티나무 아래 의자에 앉아 커피를 마시고 있는 사람을 떠올린다. 겨울을 재촉하는 찬바람이 불어도 커피 한 잔의 온기가 그의 외로운 가슴을 따뜻하게 해줄 것 같다.

1982년 이용이 불러 공전의 히트를 기록했던 '잊혀진 계절'을 불러본다.

지금도 기억하고 있어요/ 시월의 마지막 밤을/ 뜻 모를 이야기만 남기고 다방 열전을 쓴다고 했더니 친구가 이런 말을 했다. 그 때 그 시절 음악다방은 화목난로 같은 따뜻한 공간이었다고. 맥심다방도 청춘들에게는 그런 공간이었다.

예나르(구 신화)다방

　계절은 아침저녁 심한 온도차를 보이며 겨울을 향해 본능적 질주를 하고 있다. 시퍼런 나뭇잎에 형형색색 단풍물이 드는 줄 알았는데 눈 깜짝할 새 낙엽이 돼 지고있다. 어영부영 하는 사이에 그만 시월이 저물어버렸다. 가을을 보내기가 아쉬워서 떨어진 잎 새 하나를 주워서 책갈피에 끼워두었다. 이 가을을 못내 그리워하면서 말이다.

　11월 중순, 태화강 하류 억새밭을 찾았다. 억새들의 군무가 절정이다. 오늘따라 태화강물이 더 푸르고 햇살이 창창하다. 이런 날 억새는 활짝 피느라 마른 바람에 몸을 부비는 소리가 요란하다. 아름다운 계절이 순간 저물 것 같아 근래 들어 이 억새밭에 머무는 날이 많다.

　세월 가는 것이야 어쩔 수가 없다. 계절이 깊어지면서 해거름 때는 옷깃을 여며야할 만큼 기온이 뚝 떨어진다. 울산대교를 지나서 태화강을 따라 내륙으로 달려오는 동해바다 바람이 차서다. 준비해간 봉다리 커피를 타서 가을을 "훌쩍 훌쩍"성급히 마셨다. 문수산 노을이 붉게 타고 있다는 생각을 하며 황급히 억새밭을 가로질러 집으로 돌아오는 길, 음악다방 시절 이 계절에 이 노래가 빠지지 않았음을 기억해 냈다.

찬바람이 싸늘하게/ 얼굴을 스치면

따스하던 너의 두빰이/ 몹시도 그리웁구나

푸르던 잎 단풍으로/ 곱게 곱게 물들어

그 잎새에 사랑의 꿈/ 고이 간직하렸더니

아아아아 그 옛날이/ 너무도 그리워라

낙엽이 지면/ 꿈도 따라 가는 줄/ 왜 몰랐던가 (중략)

차중락의 '낙엽 따라 가버린 사랑'이다. 그 노래를 흥얼거리는데 더 체온이 떨어진다. 이 노래가 찬바람을 몰고 오는 듯하다. 그는 그룹생활까지 합쳐도 고작 5년의 가수생활을 했으며 27살로 요절한 가수다. 그의 인기에 정점을 찍었던 이 노래는 그가 낙엽 따라 먼 길 가버린 이후에 가을을 상징하는 노래가 됐다.

엘비스 프레슬리의 곡을 번안하여 부른 이 노래가 그를 가을남자로 만들었다는 데 시비를 걸 사람은 없을 성 싶다.

차중락의 이력에 좀 더 살을 붙여본다. 대중가요 평론가 유차영의 글이다.

'낙엽 따라 가버린 사랑'을 발표할 당시 24세, 차중락은 1942년 서울에서 태어났다. 아버지는 마라톤 선수이자 인쇄소를 경영하였고, 어머니는 육상선수였다. 시인 김수영과는 이종사촌 간이었다. 그는 중고등시절 육상선수로 활약하였고, 한양대 연극영화과 1학년 때인 1961년 보디빌딩으로 미스터코리아 2위에 입상하였다. 대학 다닐 때, 어머니 친구 아들이 일본에서 귀국하여 차중락이 부르는 노래

중앙시장 야시장 입구. 이 골목에 월성다방, 예나르다방 등이 있었다.

를 듣고 '넌 일본에 가면 대성공을 거둘 것이다'라고 한 말을 듣고 일본행을 결심, 인천 앞바다에서 밀항선密航船을 탔었다. 그러나 그 배가 도착한 곳은 부산이었다. 밀항 사기에 걸려든 것이었다. 1963년 서울로 돌아온 그는 사촌형 차도균(키보이스 멤버)의 권유로 키보이스에 합류, 미8군 무대에 오른 첫날부터 큰 인기를 끌었다. 시민회관 공연 때 검은 장화를 신고 나갔는데, 이 모습이 엘비스 프레슬리(1935~1977. 미국 로큰롤 가수)와 비슷하다고 한국의 엘비스라는 별명으로 인기를 누렸었다. 하지만 운명運命인가 숙명宿命인가. 그는 1968년 11월 10일 서울의 어느 공연장에서 노래를 부르던 중 뇌막염으로 쓰러져 27세의 짧은 생을 마감하였다. (출처 : 중소기업신문, 2021년 10월21일자)

예나르다방(2층). 추억은 소리없이 창가를 흐른다.

그 후, 이 노래는 친동생 차중광과 사촌형 차도균에 의해 더 불리어지면서 그를 추모하는 팬들의 사랑은 해마다 가을이 오면 되살아나고 있다.

예나르다방은

시계탑에서 학성공원 방향으로 걷다가 농협 옥교동지점 맞은편 골목길을 들어서야 한다. 큰 길에서는 잘 보이지 않는다. 중앙시장 들머리 옥골 죽 시장가는 골목 진흥상가 맞은편 3층 건물 2층에 청춘들의 해방구 같은 예나르다방(구 신화다방)이 둥지를 틀고 있었다.

신화다방으로 개업해 한창 영업에 물이 오르던 1970년대 후반 예나르 다방으로 이름을 바꾼 특이한 이력을 갖고 있다. 대부분 다방들은 주인이 바뀌더라도 다방 이름은 그대로였다. 그러나 예나르다방 새 주인은 과감히 흔적을 지우기라도 하듯 신화보다 예나르를 선택했다.

새 주인이 작명한 '예나르'는 무슨 뜻일까. 국어사전을 찾았다. 예나르는 '옛날'이라는 뜻을 가진 예전 우리말이다. 추억이나 그리움이라는 순 우리말로도 뜻이 통한다고 한다. 정감 넘치는 말이다. 다방 주인의 문학성에 감탄할 뿐이다.

이 다방은 울산 산업부흥기와 때를 맞춘 절호의 타이밍으로 영업은 크게 신경 쓰지 않아도 저절로 잘됐다. 사업은 능력이 2할이고 재수가 8할이라는 말처럼…, 지척에 이름값을 하는 월성다방이 있었지만 월성 단골이 다르고 예나르 단골이 달랐다. 같이 가다가도 먼저 만나는 월성다방 앞에서 헤어졌다. 아쉬움이 남았다면 골목 포장마차에서 소주 한 잔에 멍게 한 조각 먹고는 각자 단골다방으로 향했다.

역사는 흐른다고 했지만 그 때나 지금이나 이 골목은 리어카 행상들이 삶을 희망으로 건져내고 있다. 근래는 '코로나 19'라는 역병 때문에 손님들의 발걸음이 과거와 비교할 수가 없다는 상인들의 말이 크게 들렸다. 상권이 남구로 가기 전까지는 울산 최고 먹자골목으로 전성기를 누렸던 골목이다. 리어카 한 대 놓을 자리만 있어도 큰 걱정 없이 아이들 공부시킬 수 있었다는 금싸라기 먹자골목의 흥망성쇠를 본다.

청춘들, 예나르에 둥지를 틀다

7080세대들에게는 예나르다방이 잘 알려져 있다. 가끔 예나르다방 전신인 신화다방을 기억하는 사람들이 있기는 한 데 대체적으로 예나르 하면 "거기 있었지"하고 바로 반응이 나온다. 청춘들의 스트레스를 음악으로 해결해준 인기 DJ 정대석과 이상문을 팬들은 아직도 기억하고 있다. 헤드셋을 끼고 뮤직 박스에 앉은 DJ들의 모습은

예나르다방(옛날 신화다방) 인적없는 계단에는 시장 사람들이 갖다놓은 보따리들이 즐비하다.

청춘들의 스타였다. 이들이 뮤직 박스를 휘어잡고 있던 시절, 정치적, 사회적으로는 혼돈의 시절이었다. 1979년 10.26 사태가 발생했고 사회는 극도로 혼란스러웠다.

새 정부는 사회정화라는 이름으로 삼청교육대를 설치 운영했고 울산에서도 많은 사람들이 붙잡혀가서 최소 보름에서 3개월까지 곤욕을 치렀다. 그 시절 세상은 공포분위기였다. 미래 예측이 불가능했고 사회분위기가 뒤숭숭했다. 물가도 천정부지로 뛰었다. 오늘 구입한 물건이 내일 아침 문을 열자마자 가격이 올라서 어리둥절해 했던 혼란의 시기에 청춘들은 어떻게 살아가야 할지를 고민했고 설화(舌禍)를 우려, 친한 사이에도 하고 싶은 말을 무던히 참았었다.

음악다방 뮤직박스

  이 같은 냉소적 사회분위기는 젊은이들에게 정신적 방황을 하게
했다. 일터에서 퇴근하면 당구장을 찾았고 술집, 극장, 다방에서 하
루를 마무리 했다.

  예나르는 다른 다방들이 지명을 사용하는데 비해 좀 문학적이라는
이유로 알려진 대표 다방이다. 음악다방으로 입소문을 타면서 퇴근
후 몰려드는 젊은이들로 저녁시간에는 자리 잡기가 힘들었다. 먼저
가는 친구에게 자리 부탁을 하는 경우도 있었다. 힘든 시절, 젊은이
들은 음악다방에서 비틀즈의 음악을 들으며 자유 또 자유를 갈망했
었다.

마음 편했던 다방

예나르는 이웃한 청자다방, 월성다방처럼 음악다방으로 유명하기보다는 편하게 음악을 들으며 쉴 수 있는 다방이었다. 당시를 살았던 사람들은 이 다방이 얼마나 죽치기 편한 곳이었던가를 기억한다. 그 첫째가 시장 골목 안에 있었고 이는 들락거릴 때 타인들의 눈을 피할 수 있었다. 일방통행인 시계탑 일대 도로가 그 때는 시내버스가 왕복 운행하는 주요 간선도로였기 때문에 교통편이 수월했다는 이점도 있었다. 언제 어디서나 접근 용이한 다방이 예나르였다는 말이 유행했었을 정도였다.

추억을 찾아서 걷다

초겨울 문턱에서 추억 속 예나르다방으로 발걸음을 옮겼다. 머릿속 기억은 여기에 무엇이 있었고 저기에 무엇이 있는지 거울을 보듯 환한데 지금은 문을 닫은 인터넷 게임장 간판만이 과거 흔적으로 남았다. 실제로 시계탑과 구시가지 전체가 썰렁한데 여기라고 별다를 수야 없겠다는 생각이 든다. 수 년전까지만 해도 계단 입구에 고장 난 섀시가 반쯤 내려오다 만 채 있고 계단에는 주변 상인들의 물건들이 쌓여 있었는데 이번에는 완전히 문을 닫았다. 1980년대, 저 계단은 청춘들로 층층이 붐볐는데…, 무상하고 무심한 세월을 탓해본들 무얼할까. 다방이 문을 여는 시간부터 닫을 때까지 죽치다가 문 닫는다고 레지 아가씨가 밀어낼 때까지 담배 한 개비 꼬나 물고 거드름을 피우던 청춘들은 지금 많이 늙었다.

예나르다방이 폐업하고 업종이 여러 번 바뀌었다. 마지막으로 오락실이 입주해 있다가 문을 닫았다. 10년 전이나 지금이나 오락실 간판이 바뀌지 않은 2층 건물이 적막하다.

그 시절이 문득 떠오른다. 다방에서 오래 있다보면 배가 고팠다. 탁자에 피우던 담배 갑으로 자리를 잡아놓고 먹자골목에 내려가 순대나 호떡을 사서 다방 레지도 한 개, 마담도 한 개, 그리고 옆자리 처음 보는 손님에게도 한 개, 노래 곡목을 적은 메모지와 함께 뮤직 박스 DJ에게까지 전해주고 돌아서면 신청했던 음악이 졸졸졸 뒤를 따라왔었다.

먹자골목은 지금도 정을 팔고

그 시절 리어카 포장마차는 카바이드 덩어리를 깡통에 담아 물을 붓고 덮개를 한 후 작은 구멍을 뚫어 새어 나오는 가스에 불을 밝힌 일명 칸델라등불을 켠 채 영업했다. 바람이 불면 일렁이는 칸델라 불은 꺼질 듯 하다가도 용하게 되살아났고 신기해서 한 참을 보다 왔던 기억들이 새롭다. 그 때는 포장마차에서 잔술을 팔았고 담배도 한 개비씩 팔았다. 우리는 한 개비가 아니라 '담배 한 까치' 라 했고 한 까치 씩 판다고 해서 '까치 담배'로 불렀다.

비가 오면 비를 맞아야 했던 포장마차, 그러나 수 년전부터 먹자골목은 골목 전부를 덮개로 덮어서 비가 와도 비를 맞지 않는 곳이 됐다. 옛날로 치면 천지개벽을 했다. 그러나 추억 속에 자리한 다방 예나르는 없다. 언제 없어졌는지도 모른다. 시내 사람들 사랑을 받았던 울산목욕탕도 음식점으로 바뀌었다가 지금은 문을 닫았다.

그냥 표 나지 않게 그 때나 지금이나 그대로인양 하고 영업을 하는 곳은 포장마차뿐이다. 50년 넘게 한자리에서 호떡을 팔고 있는 할머니가 그나마 울산목욕탕 시절을 간신히 기억하고 있다. 할머니도 호떡 장사를 시작했을 때는 젊은 새댁이었다고 하시며 웃으셨다. 이 다방 단골들이 팔아주는 호떡으로 기본 매출을 올렸다고 했다. 예나르다방 역사도 주판알을 튕기듯 훤히 알고 있었다.

호떡은 변함없는 그 시절 그 맛이다. 이런 호떡은 전통먹거리 식품으로 지정받아야 한다는 생각이 들었다. 어느 날 할머니가 이 골목에서 사라진다면 호떡 같이 따끈한 추억도 사라지고

예나르다방 인근은 울산 최고의 먹자골목이다.
(죽시장으로 유명한 옥골시장)

말 것이다. 할머니는 오후 7시가 조금 넘으면 포장마차 천막을 내린다고 했다. 힘에 부대껴서 옛날처럼 밤 10시까지 영업할 수가 없어서다.

다시 한 번 예나르다방을 올려다봤다. 스멀스멀 추억들이 건물 난간을 다람쥐처럼 타고 다녔다. 불이 꺼진지 오래인 건물 창문에 진흥상가 불빛이 비친다. 코로나 19 등의 영향으로 먹자골목 가게들에도 여러 곳에 점포 세를 놓는다는 손바닥 광고지가 붙어있어 시장분위기를 더 썰렁하게 만든다. 어느 시기에 가면 이 거리에 활기가 넘칠까. 하루빨리 그런 날이 왔으면 한다. 송대관의 노래처럼 쨍하고 해 뜰 날이 기다려진다.

예나르다방 맞은편 진흥상가.

가혹했던 세월은 역사의 강이 됐고

엊그제는 반구동 사거리를 돌다 학성공원으로 걸음을 옮기는데 긴 가민가한 얼굴을 만났다. 이름은 가물가물했지만 그는 나를 확실히 알아보았다. 손잡이와 바퀴살대가 벌겋게 녹슨 자전거에 페인트 두 통을 싣고 가는 중이었다. 인부를 부르려다 직접 집수리를 하려고 한 다는 것이다. 그는 3년 전 직장에서 퇴직했다며 일선학교에서 잡일 을 한다고 했다. 그는 아직도 신체가 튼튼했다. 젊은 날 출장을 갔다 가 그와 함께 예나르다방을 간적이 있다. 추억해보니 그도 나도 그 때가 참 좋은 시절이었다며 마주 보고 한참을 웃었다.

담배 한 개비와 호떡 한 개에 신청곡 순서가 바뀌기도 했던 그 때 를 우리는 못내 그리워한다. 70년대 말과 80년대 초는 매일이다시피 긴급조치 몇호, 몇호, 몇호가 수시로 발령됐으나 그 가혹했던 세월은 이미 역사의 강물로 흘렀다. 암울했던 시절을 앞뒤 돌아보지 않고 일 만 하며 살았던 7080세대들, 연극이 끝난 무대 뒤로 배우들이 사라 지듯 한둘씩 과거를 소곤거리며 또 한 시대를 마감하고 있다.

꽃 피는 봄이 오면/ 내 곁으로 온다고 말했지/ 노래하는 제비처럼
언덕에 올라 보면/ 지저귀는 즐거운 노래 소리/ 꽃이 피는 봄을 알리네

가수 윤승희가 1977년 낸 2집 앨범에 수록된 '제비처럼'의 노랫말 일부다. 당시로서는 80만장이란 LP판을 판매한 전무후무한 기록을

세운 노래다. 휴일 예나르다방에 가면 이 노래를 들을 때가 많았다. 신청자가 줄을 잇는 바람에 한두 번으로 끝나지 않을 때도 있었다. 하다못해 DJ오빠가 "오늘은 그만 들려드리겠다"며 공개적으로 양해를 구했을 정도였다. 시골서 젊음을 밑천으로 울산에 온 청춘들은 이 노래에 성공 신화를 걸었다. 무일푼으로 울산에 와서 한 달 벌어 한 달을 살았던 청춘들이다. 그들에게 이 노래는 남다른 감회를 준다. 웃을 일이 별로 없던 시절에 7080 세대들이 미래 희망을 꿈꾸며 무지무지 불렀다. 계절의 봄이 아니라 암울했던 인생의 봄날에 화사한 봄꽃이 피기를 모두들 학수고대했었다.

마무리

레지가 'Request'라 적힌 조그마한 메모지를 가져다주면 또박 또박 번호를 매겨 몇 곡의 신청곡을 적어주고 그 중에서 한 곡이라도 들려주면 마냥 기분 좋던 젊은 날의 기억들 속에 각인된 예나르다방 DJ는 지금 어디에서 무엇을 하며 살고 있을까. 그도 가끔은 예나르다방의 추억을 들추고 있을까. 문득 그 때 그 얼굴들이 그리워진다.

며칠 사이에 날이 춥다. 시계탑에서 강변도로를 향해 걸었다. 일제 강점기에 건설됐다는 울산교에 섰다. 묵은 생각들일수록 문수산 너머로 저물어가는 석양처럼 따뜻하다. 세월이 갈수록 남아있는 기억들이 희미한 안개속의 두 그림자로 바뀌어가겠지만 이런 추억들을 간직하고 있다는 것만으로도 나는 행복하다.

이쯤에서 끝내야 하는 데 태화강을 바라보니 알딸딸한 기억하나가 떠오른다. 예나르다방에서 짝을 이룬 청춘들은 중앙시장 골목 '전원'이란 술집에서 입가심으로 한잔씩을 했고 취기가 오르자 수줍은 처녀총각도 태산을 옮길 용기를 냈다.

이 젊은이들 덕에 태화강 둔치 밀밭은 늘 쑥대밭이 됐다. 밀이 성장하는 사오월에는 태화강 둔치 밀밭이 청춘들 사랑터로 몸살을 앓았다. 참다못한 주인이 때도 아닌데 돼지거름을 내서 청춘들의 발길을 간신히 멈추게 했었다. 그 시절 음악다방들은 청춘들의 불꽃같은 사랑도 밀떡처럼 찰지게 만들어주었다.

종로다방

다방을 찾기가 점차 힘들어진다. 살림살이가 나아지면서 커피전문점들이 우후죽순으로 늘어나고 있는 것과 비례해 다방은 역방향으로 고속질주중이다. 그래서 그런지 길을 가다 다방 간판을 만나면 기분이 좋다. 흡사 모래밭에서 잃어버린 동전을 찾은 느낌이다. 무조건 차를 세우고 사진을 찍는다. 먼저 간판을 찍고 내부를 찍기위해 건물 안으로 들어선다. 대부분 폐업한지 오래여서 퀴퀴한 곰팡내가 난다. 그래도 다방을 만난 것은 즐거움이다.

어느 외국인은 한국에서 민주주의가 발달하게 된 것은 다방문화가 있었기 때문이라고 단정했다. 커피 한 잔을 앞에 두고 이야기하는 모습들이 그들에게는 진지한 토론을 하는 것으로 비쳐졌을 수도 있다.

우리는 아쉽게도 다방을 잃어버린 시대에 살고 있다. 더불어 7080

청춘들의 추억도 함께 묻혀가고 있다. 직장에서 정년을 맞은 베이비부머 세대들에게 다방이 없어진다는 것은 대들보 같은 삶의 축이 무너지는 것과 다름이 없다.

'새벽종이 울렸네/ 새아침이 밝았네'로 시작하는 새마을노래가 매일아침 청소차에서부터 시작하던 시절 전 국민들은 열심히 살았다. 쉬는 날도 없었다. 잔업과 특근이 입에 붙었다. 연장근무를 하느라 회사에서 밤을 지세우기 예사였다. 밤샘을 하고 부석한 눈으로 주전자에 라면을 끓여먹던 그 맛은 예사롭지 않았다. 다방은 일에 지친 이들에게 대표적 문화휴식공간이었다.

엉덩이가 빠져드는 푹신한 의자에 박히듯 앉아서 애인의 이름을 낙서하던 청춘들이 속칭 베이비부머 세대다. 이들은 유명 커피 점에

헤어샵 왼편 지하로 내려서면 종로다방이다.

서 마시는 아메리칸 스타일 커피보다 커피 셋, 프리마 셋, 설탕 셋 하면 통했던 다방 커피 맛을 잊지 못한다.

레지의 샐쭉한 웃음도 이제는 빛바랜 앨범속의 사진처럼 잃어버린 향수가 됐다. 다방이 사라짐과 더불어 마담과 레지라는 단어도 옛말에 속하면서 점차 생소해져가는 세상이다.

종로다방 시절

종로에는 사과나무를 심어보자
그 길에서 꿈을 꾸며 걸어가리라
을지로에는 감나무를 심어보자
감이 익을 무렵 사랑도 익어 가리라

1982년 2월 발표된 가수 이용의 데뷔 앨범에 수록된 '서울'이라는 노래다. 다방 이야기를 쓰면서 늘 느끼는 것 중 하나가 이용이라는 가수에 대한 것이다. 다방을 말할 때 한 곡 챙겨보면 십중팔구 그가 부른 노래다. 아마도 커피와 어울리는 감성적 노랫말이라서 그런가 보다.

울산은 시계탑을 중심으로 한 원도심을 서울 인사동 거리를 빗대 울산 인사동거리라고 부른다. 종로다방은 동헌에서 구 천도극장과 소방서 방향으로 걷다가 7번국도 코너 동아약국을 지나 조흥은행(현 신한은행)을 지나서 바로 옆 건물 지하에 있었다. 건너편에 인제치과가 있어서 옛터를 찾기가 한결 수월했다.

이 다방은 약 10년 전에도 찾아왔었다. 십년이면 강산도 변한다는데 얼마나 변했을까, 아뿔싸! 다방은 그 때와 변함없이 그대로 있다. 다만 먼지가 더 쌓인 채였다. 새로 주인이 바뀌지도 않았던가 보다. 그때와 다른 것은 다방으로 내려서는 지하 계단 입구가 굵직한 쇠줄로 막혀있다.

1990년대 들면서 울산상권 중심이 남구 공업탑으로 옮겨가기 시작한 이후 원도심은 급격히 쇠락의 길을 걸었다. 병·의원이 문을 닫고 구 상업은행 일대 7번 도로 여성 패션 점들이 먼저 몰락했다. 종로다방도 세태의 변화를 거스를 수 없었다. 결국 어느 날 소리 소문 없이 문을 닫고는 그대로 고장 난 시계처럼 멈추고 말았다.

남아있는 종로다방 흔적이다.

피가 끓던 청춘들이 분기탱천하는 젊음을 커피 한 잔에 타서 마셨던 종로다방은 짐작컨데 20년 전에 문을 닫은것 같다. 단골들은 잠시 문을 닫았다가 다시 문을 열 줄 알았다. 그것은 착각이었다. 야속한 세월만 고속열차를 타고 질주하듯 앞만 보고 내달렸다. 누구도 세월이 이만큼 빨리 가버릴 줄 그 때는 미처 몰랐었다.

종로다방에는 어떤 추억이 남았을까. 이 다방 외상장부에 이름을 올리고 단골로 드나들었던 시절이 있었다. 레지에게 커피 한 잔 사주었던 시절이 아련한 추억으로만 남았다.

자주 이 다방을 들락거린 것은 K신문 기자로 있을 때 지사사무실이 근처에 있었기 때문이다. 기사마감을 앞두고는 긴장감도 해소할 겸 종로다방에 커피를 배달시켰다. 이 다방은 언론사 모 선배가 마담과 잘 아는 사이였다. 우리는 다방에도 그 선배가 없는 시간대만 골라서 갔다. 마담을 옆에 앉히고 거드름을 피우며 커피를 마시다가 갑작스레 들이닥친 선배한테 들켜서 도망갔던 기억이 생생하다. 선배는 하늘이었다.

10년 전 다방열전을 쓴다고 찾았을 때 기록했던 내용 일부를 옮겨 적는다.

내려가는 벽에 아직도 '종로 커피' 라고 쓰여 있다. 옛날에는 종로다방이 없는데 아마 유행을 따랐던 것 같다. 계단을 끝까지 내려갔다. 다방 입구에 이르자 한치 앞을 분간할 수 없을 만큼 지하 다방 내부는 적막했고 어두웠다. 오랫동안 비워져 있던 공간에서 서늘한 냉기가 흘러나왔다.

그냥 다방 문 앞에서 한 동안 서 있었다. 기억은 과거를 향해 달렸다. 그 시절 급한 걸음으로 계단을 내려오는 사람들의 발자국소리가 들리는 듯 했다. 종로 다방은 폐업한 이후 여태 빈 공간으로 남아있다.

'기다리다 간다.' 누군가 입구 벽에 남겨놓은 비뚤한 흔적만이 아직도 옛 추억의 인두자국처럼 남아있다.

선거이야기를 해서 그렇지만 종로구는 대한민국 정치 1번지다. 선거때마다 국민들의 관심이 높다. 종로다방이라 이름지었던 것도 서울 유명세를 울산으로 옮겨온 것은 아닐까하는 생각이 든다. 종로다방은 한 시절 울산에서 커피장사를 잘했던 즉 마담의 영업력이 돋보

벽 간판만 남은 종로다방

였던 다방으로 기억하고 있다.

배달이 다방 매출을 올리는데 크게 기여했던 시절, 종로다방은 주변 점포들이 단골이었다. 그 때는 점포나 일반 사무실에서 손님이 오면 잠시 기다리라 해놓고 무조건 다방에 커피부터 시켰다. 커피를 직접타서 손님을 대접하는 것이 품격을 낮추는 일이라 생각했다. 손님도 다방에서 커피를 배달시켜줘야 대우를 받았다고 생각했던 시절이었다. 미니스커트에 가슴이 깊게 패인 블라우스를 입은 레지가 쟁반에 커피를 담아 한 손에 쥐고 또 한 손으로 오토바이를 타고 거리를 아찔하게 질주하는 모습들이 흔했다. 종로다방에도 레지가 늘 4~5명이 있었다는 것은 커피 배달이 다방매출을 올리는데 크게 기여했었다는 것과 맥이 통한다.

동헌 가는 길목 코너, 동아약국장님도 이 다방을 기억하고 있었다. 약국에 들르면 궁금해 하는 이 거리 역사를 한마디씩 바둑판에 포석을 깔 듯 들려주셨다. 안타깝게도 이 골목의 역사를 훤히 기억하고 계셨던 약국장님도 2021년 10월 돌아가셨다. 이제는 어디 마땅히 물어볼 곳이 없어져버렸다. 어느날 동아약국 간판도 내려졌다. 모두가 장구한 세월을 엽차 잔 비우듯 흔적들만 남기고 떠나가는 중이다.

울산예총 서진길 고문은 "이 거리 역사하면 동아약국장님이다. 그분이 돌아가셨다고 하는 것은 울산 원도심 백과사전 한 권이 통째로 사라져버린 것과 다름없다"고 아쉬워했다. 서 고문은 "동아약국 건

너편에 울산 원도심에서 가장 오래된 신천지다방이 소방서와 보건소 옆에는 향촌다방이 있었지만 이미 지난 세월 저편의 이야기가 돼버렸다"며 웃으셨다.

경주가 고향인 김종수 선생은 1954년 울산에 왔다. 그는 "다방이 잘 된 시기는 청춘들이 전국에서 일자리를 찾아서 몰려오던 1970년 대부터였다. 시계탑을 중심으로 건물 지하와 2층이 대부분 다방이었다."며 그 때를 회고했다.

1970년대 들면서 옥교동과 성남동은 하루가 다르게 번화가로 변모했다. 시계탑을 중심으로 멀어질수록 변두리에 속했다. 울산하면 단연 시계탑이었다. 종로다방은 시계탑에서 우정동 방향으로 오다 동헌으로 꺾어지는 골목 들머리다. 특히 조흥은행이 있다는 것도 다방영업에 큰 보탬이 됐다.

서진길 고문이 펴낸 『울산 100년』이라는 사진집에 최초 시계탑은 옥교동 사거리에서 울산교 방향으로 나가는 곳에 아치형으로 서 있다. 아치위에 시계가 붙어있어서 시계탑이라고 불렀다. 1966년 울산 라이온스클럽 창립 1주년 기념으로 현금 75만원을 들여 건립해 울산시에 기증한 원조 시계탑은 시가지 교통흐름에 방해가 된다고 해서 1977년 철거됐다. 그 후 그냥 말로만 시계탑거리라고 불리다가 1998년 중구청이 문화의 거리를 만들면서 옥교동 사거리 중심에 울산의 중심과 역사를 상징하는 시계탑을 복원했다. 이 시계탑을 좀 더 업그레이드해서 만든 것이 요즘 보고 있는 지붕 위 미니기차 형태다. 한 시간마다 미니 기차가 기적을 울리며 한 바퀴를 운행하는 신식이다.

이제는 모두가 새롭게 변했다. 다방을 중심으로 사람냄새가 났던 질펀한 추억의 자리도 사라져버렸다. 원 도심에 변화가 진행될수록 남아야 할 과거는 사라지고 있다. 아쉽지만 하는 수가 없다.

주변 풍경을 그리다

종로다방 주변에는 양복점, 은행, 병의원들이 많다. 종로다방에서 구 소방서 방향으로 나오다 만나는 시계탑 방향 큰 도로는 50년 전통의 모모라사를 비롯해 국정사, 이상현 테일러 등이 지금도 남아서 울산 신사들의 옷을 맞춤하고 있다. 이들 양복점들은 그 시절 라디오 광고까지 했던 명품 양복점들이었다. 그 중 일번가 양복점이 남구 문화원 사거리로 이전했을 뿐이다.

국정사 사장님은 "1980년대까지는 기성복 보다는 맞춤해서 입는 시절이었다. 부산에서 디자이너로 있다가 국정사로 와서 지금은 대표로 있다"며 "양복점들이 아직도 건재하고 있는 것은 울산 남성의 5%는 여전히 양복점의 맞춤옷을 입기 때문"이라고 말했다.

양복점 사장님들에게도 다방은 추억의 공간이었다. 손님이 오면 무조건 다방에 커피를 배달시켰다. 그 중 가까이 있는 종로다방은 이 양복점들이 매출을 올려주는 대단한 고객들이었다.

7080 청춘들 삶의 중심에 알박기하듯 다방이 존재했던 시절이

2021년 개점 50주년을 맞은 모모양복점

1970년대부터 90년대까지라고 보면 된다. 휴대폰은커녕 삐삐도 없던 시절, 다방은 필자가 기자시절 취재원을 만나는 업무의 공간이었으며, 일없는 청춘들이 죽쳤던 휴식공간으로서의 역할에 충실했다. 새콤달콤한 기억하나는 가끔 무료할 때 다방내실에서 점심내기 화투판이 벌어지기도 했었다. 다방 내실에서 점심내기 고스톱을 쳤다면 그는 그 다방 단골임이 분명하다.

동헌 옆 시립미술관은 과거 울산중부경찰서였다. 경찰서 출입기자를 하면서 종로다방 외상 장부에 번듯하게 이름을 올렸다. 다방 외상 장부에 이름을 올리고 친구들을 불러서 커피를 샀다. 우쭐대기 위해서였다. 외상장부는 내가 좀 잘 나간다는 사실을 알리는 신호탄 역할이기도 했다.

그 때부터 단골 대우를 받았던 것 같다. 단골에 대한 예우로 우선 달라지는 것은 눈치 보지 않고 모닝커피가 가능했다. 한마디로 품격이 높아졌다. 하지만 단골로서 치러야 하는 대가도 만만찮았다. 우선 레지들에게 사주는 커피 값도 무시할 수가 없다. 나이가 누나뻘인 레지들이 미소 지으며 "오빠, 커피 한 잔 한다"하고는 허락도 없이 매출용으로 반잔도 안 되는 커피를 가져와서는 홀짝 마시고 장부에 사인을 하라고 하던 때도 있었다. 그 때는 속이 부글거렸지만 눈 질끈 감고 사인을 했다. 직업상 마담이나 레지들과 친해 놓으면 울산 돌아가는 사정을 손금 보듯이 알 수 있는 장점도 있다. 종로다방은 울산중부경찰서로 가는 입구에서 검문소 역할도 했다. 경찰서 앞에 수정다방이 있었지만 주변에 눈들이 많았다. 일찌감치 한번 걸르는 장소가 필요했고 그 다방이 종로다방이었다.

아련한 추억들

종로다방은 은행에 돈 빌리러 온 사람들에게도 기억에 남는 공간이다. 조흥은행에 대출 신청해 놓고 이 다방에서 기다렸던 건축업자들, 명절 전 어음을 할인하러 온 중소기업 사장들이 기름 냄새 물씬한 작업복을 입은 채 종로다방에서 초조한 표정으로 앉아있던 모습이 떠오른다. 그들은 계산대 전화기 벨이 울리면 혹시 '내 전화일까' 하고 일제히 마담의 입을 쳐다봤다. 그들 중에는 지금 경제적으로 크게 성공해서 떵떵거리며 기업을 경영하는 사장님도 더러 있다. 그들도 가끔 이 거리를 지날 때 과거 안절부절했던 이 다방에서의 기억들을 생각할까. 몸서리가 쳐질 것도 같지만 그래도 추억인데 쉽게 잊을 수는 없을 것 같다.

한번은 이런 일도 있었다. 은행에 신청한 대출이 깎이지 않고 제대로 성사가 된 손님이 갑자기 가계수표 장부를 꺼내더니 커피 값을 두둑하게 끊어주고 갔다. 그날은 마담의 짙게 바른 루주입 꼬리가 귀에 걸렸다. 살다가 이런 날도 있어야 사는 재미가 있다고 했다. 그 손님 덕에 내가 마신 커피 값도 공짜였다.

나는 이 다방에서 커피보다 쌍화차나 목장우유를 자주 마셨다. 레지들이 연탄난로에 병 우유를 데워서 설탕 두 숟갈을 넣어 주는 목장우유는 마시고 트림하면 나는 어머니 젖 냄새가 좋았기 때문이다. 레지들은 다 큰 사람이 목장우유를 마신다면서 집에 가서 엄마젖 좀 더 먹고 오라고 놀렸다. 레지들은 대신 야구르트를 마셨다.

어느 다방이나 마찬가지였지만 종로다방도 오전 10시 이전에 가면 커피에 초란 노른자를 띄워주었다. 이른바 모닝커피다. 단골은 오전 11시에 가서 모닝커피를 달라고 해도 마담은 그냥 웃으며 모닝커피를 내주었다. 단골에 대한 예우였다.

종로다방을 기억하는 청춘들

7080청춘들은 통행금지 시절을 안다. 통행금지 해제는 1982년 1월 5일 24:00부터 시행됐다. '일상국민 편익위주의 행정·복지·개방 사회의 구현과 88올림픽 및 86아세아경기를 앞두고 사회 안정과 국가안보태세확립을 대내외에 과시하고 경제활동의 활성화 및 관광사업의 진흥을 도모'하기 위해서라고 밝히고 있다.

그 이전에는 크리스마스이브와 새해 전야에만 통행금지가 해제됐다. 기혼자들은 늦게까지 남아서 잔업하고 청춘들은 칼 퇴근이 불문법이었다. 오후 5시 근무를 마치기도 전에 이미 기름 묻은 손을 씻었다. 청춘들에게 통행금지 해제 날은 축제날이었다. 시내 포장마차나 선술집에라도 가야하는 것을 의무처럼 여겼다. 돌아오는 시간은 통행금지가 해제된 것을 확인하듯 시내를 돌아다니다 밤 12시가 지난 것을 확인하고 택시를 탔다. 그렇게 하면 기분이 우쭐했다. 택시 기

종로다방 골목에서 가장 오래된 인재 치과

사에게도 당당했다. 왜냐하면 청춘들이 누려야 하는 권리를 제대로 누렸다는 자랑 같은 것이기도 했다.

통행금지 해제 날 집에서 잠을 자는 것은 피가 끓는 청춘들이 해서는 안 되는 금기사항이었다. 잠을 잔다는 것은 일 년에 몇 번 주어지는 고귀한 통행해제 이용권을 쓰레기통에 버리는 행위와 다를 바 없다는 것이 청춘들의 개똥철학이었다. 그 이튿날은 하루 종일 어젯밤 했던 일들로 떠들어댔다.

통행금지해제날이 유흥업소들로서는 대박 매출을 올리는 날이었다. 유흥업소들은 밤 12시 쯤, 소등을 하고 손님들을 모두 내 보냈다. 그리고 청소를 하고는 새벽0시30분부터 새 손님을 받았다. 젊은이들은 유흥업소들이 매출을 올리기 위해 하는 이런 얄팍한 상술을 이미 알고 있다는 듯이 그러려니 하고 받아들였다. 유흥업소들이 문을 닫고 테이블 정리를 하는 30여분 동안, 인근 리어카 포장마차에서 잔술을 홀짝거리거나 다방을 찾아 언 몸을 녹였다. 종로다방도 청춘들로 터져 나갔다. 다방에 들어오려는 손님들이 조흥은행 앞까지 길게 줄을 섰던 때가 7080 청춘들의 전성기였다. 유흥업소와 함께 여관 등 숙박업소들도 이 날은 술값과 방값을 바가지 씌웠다.

추억을 들추며 그리운 시절 이야기를 하는 이 순간이 내게도 행복한 시간이 될 줄 그 때는 몰랐었다.

덧없는 세월은 강물처럼 흐르고

다방들은 상권이 몰락하는 과정에서 맨 먼저 문을 닫는 업종이 됐다. 시계탑 근방에서 가장 오래됐다는 50년 전통의 모모양복점도 임대쪽지를 붙였다. 서서히 이 거리에서 양복점들도 떠날 채비를 하고 있다. 한때는 청년들이 모모 양복점에서 정장 한 벌 해 입었으면 하는 것이 소원이던 시절도 있었는데….

종로다방이 성업하던 시절 남아있는 간판들은 별로 없다. 새로 인테리어를 해서 깔끔한 건물에 인재치과가 그대로 있다. 나머지는 수시로 간판이 바뀐다. 안타깝게도 퐁당퐁당 징검다리처럼 주변 상가들에 빈 점포가 늘어나 마음이 아프다.

'코로나 19'라는 역병으로 어려운 시절이 터널처럼 길다. 언제 다 지나갈까 걱정하기에 앞서 수시로 변이 바이러스가 나타나고 있다.

이 다방에 남은 이야기

그런 슬픈 눈으로 나를 보지 말아요
가버린 날들이지만 잊혀지진 않을 거예요
오늘처럼 비가내리면
창문너머 어렴풋이 옛 생각이 나겠지요
생각나면 들러 봐요 조그만 길모퉁이 찻집
아직도 흘러나오는 노래는 옛 향기겠죠

산울림이 부른 '창문 넘어 어렴풋이 옛 생각이 나겠지요'다. 산업 수도 울산에서 다방 이야기는 그 시절 청춘들의 단골 메뉴다. 다방을 빼고는 무슨 말을 할까. 그들의 이야기 중에 다방 레지 아가씨와 살림을 차린 경우는 단연 톱 거리다. 반전은 이 새색시가 살림을 너무 잘 살아서 이웃의 부러움을 샀다는, 2021년 11월 중구 성남동 토마토 소극장에서 공연한 연극 청자다방 미스 김도 잊을 수 없는 추억의 산물이다.

1970년대와 80년대는 대학생들의 데모가 끊이지 않았다. 긴급조치법 위반으로 몇 명이 잡혀가는 뉴스가 흔했다. 정치적으로 불안했으나 젊은이들은 대한민국 굴기를 위해 나름 정신 차리고 살았다. 그 정신들이 88올림픽을 개최했다고 하면 된다. 한마디로 격동의 시기였다. 말도 많고 탈도 많았던 그 시절이다. 종로다방은 지하 계단 백열등처럼 모든 것들을 묻어둔 채 말이 없다.

한비다방

2022년 1월 27일은 울산공업센터 지정 만 60주년 공식 기념일이다. 울산은 1962년 대한민국 최초 특정 공업센터로 지정된 이후 이나라 경제부흥을 이끌며 오늘에 이르고 있다. 산업통상자원부가 지난 1월 27일 오전 10시 30분 울산전시컨벤션센터에서 '울산공업센터 지정 60주년' 기념식을 개최했다.

울산으로서는 감개무량한 행사이지만 공업센터지정 50주년 역사를 축하했던 10년 전 행사보다는 규모가 많이 축소됐다. 100년을 반으로 접은 50년 단위보다는 의미가 크지 않다고 보는 것 같다. 미래 100주년 기념식을 기대해야 하는데 그때 내 나이를 생각하면 참으로 까마득하다.

그나마 의미 있는 60주년 축하행사들을 챙겨보면 지난 1월 28일 오후 8시 울산문화예술회관 대공연장에서 울산시가 주최한 공업센터 지정 60주년 기념 '앙코르! 울산1962' 신년음악회가 개최됐다. 울산박물관은 울산특정공업센터 지정고시일인 지난 1월 27일부터 오는 6월 26일까지 박물관 1층 기획전시실에서 '울산 산업 60년, 대한민국을 이끌다'는 주제로 전시회를 열었다. 그리고 울산 남구는 장생포 문화창고 2층 '울산공업센터 기공식 기념관'에서 공업센터 조성 이후 산업수도로 성장한 울산의 면모를 살펴볼 수 있게 지난 2월 3일부터 4월 30일까지 고래문화재단 주최로 '한국발전의 시작, 울산에서 찾다'라는 특별전을 개최했다. 2월 3일은 공업센터 지정 후 공단건설기공식 폭죽을 터뜨린 날이다.

다시 정리하면 1962년 1월 27일 울산공업센터 지정, 2월 3일 기공식을 했다. 모든 일정이 속전속결로 이루어졌다. 이때부터 울산은 국내 1호 국가공단이 됐다.

지난 2022년 1월 27일 울산전시컨벤션센터에서 개최된 울산공업센터지정 60주년 기념식

울산은 대한민국 경제발전을 선두에서 이끌었다는 자부심이 강한 도시다. 울산이 공업센터로 지정되고 나서 산업으로만 치면 천지개벽한 도시가 됐다. 상전벽해라는 말이 제격이다. 여천동 일대 배 밭이 사라지고 석유화학공업단지로 조성됐다. 방어진 바닷가 한적한 곳에 현대조선소, 염포만 갈대밭에 현대자동차가 건설됐다.

공단지정이후 전국에서 청춘들이 울산으로 몰려들었다. 그 바람에 셋방도 턱없이 부족했다. 현대자동차 앞 양정동에서는 소를 키우던 마구간이 개조돼 쪽방으로 만들어졌다. 어떤 집은 이런 쪽방이 13개나 됐다. 출근 시간에 학성공원 버스정류장은 수백 미터 줄이 만들어졌다.

"잘살아보세, 잘살아보세, 우리도 한번 잘살아보세"

신바람이 절로 나는, 젊음이 살아 숨 쉬는 희망의 도시가 울산이었다. 1970년대와 80년대, 울산은 근로자들을 상대하는 주점과 다방들이 거리마다 진풍경이었다. 덩달아서 아침마다 생수를 배달하는 레지아가씨들의 오토바이 소음도 거리를 가득 메웠다.

그 시절은 주점과 다방들이 사람 사는 세상 중심에 있었다. 그 중 새벽부터 영업하는 다방들이 세상문화의 중심에 있었다고 해도 크게 틀린 말은 아니다. 사업하는 사람들 사이에 돈 없이는 살아도 다방 마담과 등지고는 살 수 없다는 말이 나돌 정도였다. 다방 마담 말발은 힘이 있었다. 마담 입에 험담으로 오르내리면 사업은 성공과 거리가 멀었다. 그 시절을 치열하게 살았던 7080청춘들을 만나 다방이야기를 꺼내면 대부분 점잖을 빼면서도 피식피식 웃는다. 말하지 않아도 얽히고설킨 다방이야기를 간직하고 있다는 증거다.

사람 사는 세상에서 다방은 소중한 공간이었다. 울산공업센터지정 60주년 특별전에 울산 다방이야기가 빠진 것은 매우 섭섭한 일이다. 오래 비어있는 공업탑 로터리 원다방이라도 잠시 문을 열고 사람냄새 물씬한 시화전이나 추억의 사진전이라도 했었다면 공업센터지정 60주년 축하행사는 더욱 빛이 났을 것 같다.

어떤 이야기

한비다방을 말하기에 앞서 대한민국 경제개발 전초기지로 출발했던 울산의 산업화 과정 이야기 가운데서 한국비료공업주식회사(한비)와 관련한 비화를 소개할 필요가 있다. 이 다방에 대한 이해를 돕기 위해서다.

현재 울산시 남구 여천동 롯데정밀화학은 롯데그룹계열의 화학 전문기업이다. 1964년 8월 삼성그룹 창업주 이병철회장이 비료의 자급화를 위해 설립한 한국비료공업(주)이 모체이다.

1962년 시행한 '제1차 경제개발 5개년 계획'의 핵심은 국가기간산업의 촉진이었고 그 가운데 하나가 비료산업이었다. 열악했던 식량 사정을 개선하려면 식량 생산력을 높여야 했고 이를 위해서는 비료가 필요했다. 하지만 그 당시 한국에는 비료공장이 없어 전량 수입해야 했다. 이에 식량 자급화 계획의 하나로 비료공장을 잇달아 건설했고 그 중 울산에 세웠던 제5공장이 한국비료공업(주)이었다.

그러나 공장을 완공할 무렵인 1966년, 사카린의 원료를 건설 자재로 위장해 들여오다가 부산 세관에 적발된 '한국비료공업의 사카린 밀수 사건'이 터졌다. 이 사건 여파로 한국비료공업(주) 주식 51%를 산업은행이 인수하는 형태로 국가에 헌납됐다.

그 후, 공기업 형태로 운영돼오던 한국비료공업(주)은 1994년 민영화 방침에 따라 매각대상이 되었고 공개입찰을 통해 삼성그룹에 최종 낙찰되면서 국가 헌납 27년 만에 삼성그룹이 재인수했다. 상호를 삼성정밀화학(주)으로 변경했다. 그리고 2015년 롯데케미칼에 인수됨으로써 롯데정밀화학(주)으로 변경되었다.

한비다방

산업도시 울산에서 회사 이름을 딴 다방이 흔치 않다. 현대중공업 앞에 현중다방이 없고 현대자동차 앞에도 현자다방이 없다. 그러나 유일하게 기업 이름을 딴 다방이 있다. 한국비료공업(주)을 줄인 한비다방이다. 이 다방은 한국비료공업(주)이 삼성정밀화학을 거쳐 롯데정밀화학으로 이름표를 거듭 바꾸었는데도 여전히 한비다방 그대로다. 계절감각에 무딘 개나리가 늦가을에 피듯이 말이다.

중구 홈플러스 앞 복산(한비) 사거리에서 병영방향으로 가다 오른쪽 첫 번째 소방도로를 물고 있는 수정빌라 반 지하 공간이 '한비다

수정빌라 끝머리에 한비다방 간판이 보인다.

방'이다. 좀 더 설명을 하자면 이 다방은 약 40년 전, 한국비료공장 사택정문이 있었던 중구 약사동 들머리 수정빌라 반 지하에 다방이 생기고 나서부터 상호를 한번도 바꾸지 않고 오늘에 이르고 있는 의지의 다방이다.

다방은 연륜이 묻어나는 개업당시 액자들이 그대로 걸려 있다. 마담, 아니 사장님에게 언제 개업했느냐고 물었더니 자신은 잘 모른다고 했다. "다른 사람이 먼저 하고 있던 다방을 1989년 10월 영업신고증 명의만 변경해서 영업하고 있다"고 했다. 그 세월이 올해로 33년이다.

그리운 추억 속으로

1976년 6월 한국비료공업(주)에 입사한 우진석씨(71)는 한비에서

시작해 삼성정밀화학으로 바뀌고 난 2009년 정년퇴직했다. 그는 한
비시절 이야기를 묻자 "청춘을 바친 직장이었다. 사장님이 거주하는
1호 사택이 중구청 앞 현 울산신광교회자리에 있었다. 사장부터 사
원 대부분이 사택에 거주했다. 전국 어디를 가도 울산 한비에 다닌다
고 하면 부러워했을 정도였다"고 그 때를 추억했다.

그가 기억하는 한비사택 규모는 7만 5천여 평이다. 대략 울산고등
학교 뒤 서한 이다음 아파트에서 시작해서 중구 홈플러스, 중구청 앞
을 지나 약사초등일대 대단지 아파트 전부를 포함하는 터였다. 숲속
에 5층 아파트 6동이 있었고 나머지는 139세대 단독주택단지였다.

무룡초등과 학성여고 등이 당시 사택 운동장이었다. 봄과 가을이
면 이 운동장에서 사원
체육대회가 열렸고 인기
가수 초청 공연도 수시
로 개최됐다. 행사를 마
친 직원들이 뒤풀이로
자연스레 한비다방에 들
러서 커피를 마시거나
도라지위스키 한 잔에
낭만을 노래하던 시절이
었다.

그는 시내에서 동료들

한비다방 입구

과 한잔하고 흥에 취해 노래를 부르며 울산고 앞을 지나 복산동 계비고개에 올라서면 바로 한비사택 아파트가 눈에 들어왔다고 했다. 지금이야 고층아파트가 즐비한 세상이지만 그 때는 5층 아파트도 대단한 고층이었다. 살고 있는 사람이 많다보니 주변 상가들에도 한비 식당, 한비 방앗간, 한비 이발관 등이 생겼다. 다방 역시 당연히 '한비'라는 간판을 달 수 밖에 없었다.

다방은 커피만 파는 게 아니라 저녁시간 이후에는 위스키도 팔았다. 퇴근 후 주점 아니면 다방에 가는 것이 시대적 문화풍토였던 그 시절, 시계탑주변 음악다방들이 청춘들을 끌어들였지만 외곽 변두리 다방들은 나름 살아남는 방법으로 도라지위스키 등을 단골 중심으로 팔면서 장사가 제법 짭짤했다. 언양, 범서, 방어진, 덕하 등 변두리 다방 마담들은 밤 9시가 지나면 은근히 '티'즉 도라지 위스키를 찾는 단골들을 기다렸다. 그 때 유행했던 말이 "따불(두잔) 티(위스키)" 즉 도라지위스키 두 잔이라는 말이다. 마담도 한 잔, 나도 한 잔이 기본이었다. 한 잔이 두 잔 되고 끝내는 고주망태가 됐다.

추억을 한 잔하다

홈플러스 중구점 앞 사거리는 한비사거리에서 복산사거리로 새 이름표를 달았다. 이 근처에 한비사택이 있었음을 알 수 있는 흔적은 거의 사라졌다. 오직 한비다방만이 남아서 과거를 회상케 하고 있다.

한비다방은 번영로를 물고 있어서 찾기가 쉽다. 그러나 이 다방에서 커피 한 잔 하기는 쉽지가 않다. 주변에 주차하기가 마땅하지 않음이 가장 큰 원인이다. '코로나 19' 이전에는 인근 가온중학교 운동장 입구 한쪽을 주차장으로 개방했다. 지금은 방역관계로 외부인들에게는 문을 닫았다. 내가 다방에 간 날은 가온중학교가 공사중이라서 주차장을 개방했다. 운이 좋은 날이다.

다방 지하계단을 내려서자 실내 공간이 넓은데 우선 놀랐다. 그 때 주방에서 둘려오는 따뜻한 목소리가 있었다.

"어서 오세요"

사장님이 반갑게 맞이했다. 과거에는 마담이라고 했는데 이 사치스런 낱말은 이제 두꺼운 국어사전에서나 찾을 수 있다. 테이블마다 선풍기형 전기난로가 설치돼 있다. 전기난로 스위치를 켜고 자리를 잡았다. 앉은 자리에서 둘러보니 의자와 테이블까지 고전적 다방 스타

왼쪽 비상구 아래가 출입문이다. 그 옆이 카운터, 손님이 TV를 보고 있다.

일 그대로였다.

"역시 다방은 이런 맛이 나야해,"

함께 간 친구가 말했다. 홍 피디라는 예명으로 연예기획사를 운영하기도 했던 그는 한때 울산에서 인정받았던 기획자였고 매우 실력 있는 드럼 연주자였다. 울산에서 내로라하는 나이트클럽에서 악단장으로 오래 연주생활을 했던 그는 다방 실내를 둘러보더니 "이 정도 공간이면 미니 콘서트를 해도 될 것 같다"고 했다. 녹슬지 않은 그의 기획력이 돋보였다.

사장님은 수정빌라 지하층 전부가 다방이라고 했다. 다방을 인수받을 당시만 해도 이 정도 크기의 공간이었다면 레지 3~4명은 거뜬히 있었을 텐데, 라는 생각이 들었다.

사장님에게 "며칠 전 간판에 불 켜진 것을 보고 주차를 시도하다 실패하고 돌아가는 그 짧은 시간에 불이 꺼졌었다."며 저녁에는 몇 시에 문을 닫느냐고 물었더니 대중은 없지만 대략 오후 8시쯤에 문을 닫는다고 했다. 그리고 금요일부터 토, 일 3일간 연달아 쉰다고 했다. 20대 대통령후보들이 말하는 주 4일 근무가 이 다방에서는 오래 전부터 시행되고 있었다. 그렇게 영업하면 남들이 폐업했다고 하지 않느냐 했더니 가끔 그런 손님도 있다며 웃었다. 다방 영업에 크게 신경 쓰지 않는 눈치였다. '코로나 19'에 대해서도 "때가 되면 지나가겠지요."라며 무덤덤했다. 내공이 남다르다는 느낌이었다.

이 다방에는 FM라디오 대신 벽걸이 TV가 있다. 세태를 반영하듯 대권후보들의 이야기와 '코로나 19' 상황에 대해 특집방송이 한창이었다. 어디서든 마스크를 벗지말라고 했다. 방송을 보고 있으니 괜히 불안해졌다. 내려간 마스크를 콧등으로 끌어올렸다. '코로나 19' 감염환자가 급증 아니라 폭증하고 있다는 소식 때문이었다. TV방송 보다는 정서적으로 안정감을 주는 라디오 음악방송이 좋지 않으냐고 했더니 주인은 손님들이 TV를 선호하기 때문에 어쩔 수 없다고 했다.

　홍 피디와 한 두어 시간 앉아있었다. 그 사이에 가끔 손님들이 밀물과 썰물처럼 별 용무도 없이 왔다가 습관처럼 커피를 마시고 갔다. 그 중 특징은 7080 음악다방처럼 손님들이 자기자리가 있다는 사실이었다. 흥미있게 지켜보았다. 머리숱이 희끗한 중년 남자 손님이 들어와서 처음 앉았던 자리에서는 커피를 시키지 않고 기다리다 어떤 손님이 나가자 황급히 옮겨가서 커피를 시켰다. 자리가 커피 맛을 돋

주방 찬장 위 커피 타임이라는 영문자가 눈길을 끈다.

우게 하는 것일까, 한편 우습기도 했지만 사람 사는 세상의 다양한 이야기 가운데 하나라고 생각하니 그 사람이 다시 쳐다보였다.

선풍기형 난로가 열기를 고루 제공하지 못해 손이 시렸다. 다가가면 뜨겁고 물러나면 추웠다. 추위를 물리칠 필요가 있다. 이 때가 커피를 마실 절호의 타이밍이다.

"사장님 커피 주세요."

사장님은 무슨 커피를 달라 하느냐고 묻지도 않고 건강에 유익한 원두커피를 마시라고 했다. "그러마"고 하면서 사장님도 한 잔 하시라고 했더니 반가워했다.

살아남은 여느 다방들과 마찬가지로 이 다방에서도 사장님은 1인 3역이다. 마담, 레지, 주방장 역할도 했다. 자기가 대통령이 되면 사병들도 월급을 2백만 원 주겠다는 대권 후보들의 공약 자막에 정신이 팔려있을 즈음 김이 모락모락 나는 원두커피가 나왔다. 손이 시려서 두 손바닥으로 얼른 잔을 감쌌다.

"너를 만지면 손끝이 따뜻해/ 온몸에 너의 열기가 퍼져/ 소리 없는 정이 내게로 흐른다"

노고지리의 '찻잔'이다.

노랫말처럼 손끝을 통해 전해지는 따뜻함이 아침햇살처럼 전신에 퍼지면서 순간 추위를 잊게 했다. 대중가요의 매력이라는 것이 이런

것이구나, 실감이 났
다.

이 다방에는 과거와
현재가 공존하고 있었
다. "아직도 이런 물건
이 있었나." 커피를 담
아온 은회색 알루미늄
쟁반이다. 다방 개업당
시 구입했을 것 같은,
모서리가 찌그러지고
칠이 벗겨져서 회색에
가깝다. 아직도 이런 물

해바라기 커피잔과 알루미늄 쟁반, 그리고 설탕컵.

건들이 남아있구나, 진작 고물상에 가버렸을 물건들이 여전히 사용
되고 있다는 것은 추억여행에서 놓치기 아까운 기분 좋은 일이었다.

마무리)

한비다방은 한적한 사원주택 앞 다방이다. 처음 개업할 당시를 생
각해볼 필요가 있다. 사원주택 정문 인근에다 다방을 개업했다는 것
은 대단한 용기를 필요로 했을 것이다. 사택 이외 주변에 다른 시설
이 전무했다. 그런 상황에서 다방문을 열었다. 어떤 사람은 차라리
무룡산 꼭대기에 다방을 개업한 것이 더 나았을 것이라고도 했다.

하지만 1990년대 들면서 그렇게 잘나가던 도심 음악다방들과 유명 다방들이 문을 닫았지만 굽은 소나무가 선산을 지키듯이 한비다방이 문을 열고 있다. 박수쳐야할 일이다. 사장님은 "요즘도 가끔 옛날 다방 생각이 나서 지나가다 진짜 영업을 하는가 싶어서 찾아왔다는 사람들이 더러 있다"고 했다.

울산 다방 역사에 이만큼 긴 시간 문을 닫지 않고 영업을 이어가고 있는 다방은 그리 흔치가 않다.

농담반 진담반으로 근대문화유산으로 보존신청하자고 했더니 주인은 쓸데없는 소리 하지 말라며 웃었다.

생각나면 들러보는 조그만 길모퉁이 다방이 한비다방이다. 해가 져서 어둑해지면 다방 간판에 어김없이 불이 켜진다. 그 불빛에 홀리듯 찾아가 보면 옛정이 담긴 커피 한 잔에 추억을 타서 마실 수 있다. 아참! 오후 8시에 문 닫는다는 것을 기억해야 할 것이다.

황금다방

 울산이 산업화로 굴기하던 시절, 울산다방들도 함께 굴기했다.
1970년대와 80년대는 다방 레지 등급이 포니, 스텔라 등 승용차종
으로 정해지던 그 시절이 울산은 전성시대였다.

 7080 청춘들이 산업전선에서 땀 흘린 덕분에 대한민국 사람들 살
림살이는 크게 나아졌다. 2000년대 들면서 해외여행도 폭증했다. 경
제적으로 여유가 생기자 일상에도 변화가 찾아왔다. 이태리 가서 마
신 원두커피를 찾기 시작했다. 수요을 충족하듯 브랜드 커피점들이
곳곳에 생기면서 카푸치노, 에스프레소 등등의 생소한 메뉴판이 눈
길을 끌었다. 자연스레 다방 대신 커피 전문점이 주인행세를 하기 시
작했다. 굴러온 돌이 박힌 돌을 뽑아낸 형국이었다. 골목마다 원석처
럼 찡 박혀있던 다방들이 커피 전문점에 밀려서 한 곳, 두 곳 노인들
이 빠지듯 사라지다가 아예 사막의 신기루처럼 흔적을 감추고 말았다.

'구름도 울고 넘는 울고 넘는 저산 아래 그 옛날 내가 살던 고향이 있었건 만…'

오기택이 부른 고향무정이라는 노래다.

가끔 추억이 그리울 때 부르는 나의 18번. 내가 울산에 온 때가 1978년 5월이다. 벌써 44년이다. 그때는 고교를 졸업한 내 또래 새파란 청춘들이 취직하기 위해 밤낮으로 울산에 몰려들던 시절이었다.

기회의 땅 울산

울산으로 온 청춘들은 하나같이 닮은 꿈이 있었다. 돈을 벌어서 고향 가는 것이다. 논도 사고 밭도 사고 집도 번듯하게 짓고 싶었다. 배고팠던 시절의 모습을 매미 허물 벗듯 마을사람들 앞에서 확 벗어던지고 싶었다. 그러나 그것도 옛말이 됐다. 정년퇴직한 친구들 대부분이 울산에 산다. 살다보니 정이 들었다나 어쨌다나.

잔업이 없는 날 회사 앞 식당에서 동료들끼리 한 잔하고 애국가처럼 부르는 노래가 '고향무정'이었다. 울산토박이들은 무덤덤했지만 객지에서 온 청춘들은 신바람 나게 불러재꼈다. 어떤 친구는 이 노래를 부르다 감동해서 목이 멨다. 노래방이 있던 시절이 아니었다. 아무 식당에서나 회식하고 술이 한 잔 목구멍에 넘어가면 누가 먼저랄 것도 없이 젓가락 장단으로 판이 벌어졌다. 알루미늄 판으로 만들어진 음식점 호마이크 밥상은 청춘들이 젓가락으로 신바람나게 두들긴 흔적으로 성한 것이 없었다.

놀기 좋아하는 형들은 술이 거나해지면 병뚜껑으로 에꾸 눈을 하고 겅중겅중 바보 춤을 춰서 분위기를 돋우었다. 2차까지 끝내고 짝 없는 청춘들은 "여기서 헤어질 수 없다"며 기어코 다방으로 몰려가서 커피 한 잔으로라도 3차를 채운 후 숙소로 돌아갔다. 술에 취해서 단골 다방에 가면 마담이 술국도 끓여주었던 인심 좋은 시절이었다.

1970년대와 80년대는 어느 회사를 막론하고 면접을 보려는 사람들이 매일 정문 앞에 긴 줄을 만들었다. 내가 근무했던 현대차도 마찬가지였다. 면접자들은 대기장소였던 정문 면회실이 비좁아서 정문 맞은편 문화다방에서 기다렸다. 인사담당자가 다방으로 전화해서 부르던 시절이었다. 덩달아 회사 앞 다방들과 술집들도 문전성시를 이루었다.

시계탑 주변도 우후죽순 다방이 생겨났다. 인테리어를 끝내놓고도 마담과 레지를 구하지 못해 다방 문을 열지 못하는 진풍경이 벌어지기가 예사였다. 직업소개소에 웃돈을 찔러줘야 간신히 마담과 레지를 구할 수 있었고 영업수단이 좋은 마담은 특급대우를 받았다. 도심 전봇대에도 '이, 사, 주 지참, 당일 취업, 침식제공'이라는 광고쪽지가 떨어질 날이 없었다.

시계탑 주변 음악다방들은 갈 곳 없는 청춘들을 끌어 모았다. 그 중 젊은이들의 사랑을 받은 곳으로 황금다방이 있었다. 이 다방은 여느 다방과는 다르게 방송국 공개홀로 많은 이들의 기억에 남았다.

황금다방은

40년 전의 기억을 더듬었다. 시계탑 사거리에서 울산교 방향으로 1층 빵집자리에 칠성제화, 지하에 돌체다방, 중앙시장 가는 길에는 한일은행, 금은방, 전파사들이 있었다. 구 울산초등학교 방향 오른편에 세명약국, 왼편에는 경남은행이 있다.

이 곳 어디쯤에 황금다방이 있었는데… "그렇지"

시계탑 사거리에서 우정동 방향으로 70여m쯤 3층 건물로 들어가 정원식당 앞에서 걸음을 멈추었다. 노래방을 하고 있는 왼편지하에

에쿠스노래방 간판이 붙었던 곳에 황금다방 간판이 있었다. 우일양복점, 국정사 양복점이 눈길을 끈다.

황금다방이 있었다. 명의名醫 소리를 들었던 김진수 내과(김 내과)의 원 옆 건물이다. 이상헌 테일러와 국정사 도로 건너편에 모모라사 등 유명 양복점들이 이웃이다.

문화예술 공간으로서 다방의 역할

울산에 전시공간이 거의 없었던 시절, 다방은 사진작가, 화가들에 게는 소중한 공간이었다. 화랑의 역할도, 일일찻집의 역할도 충실했던 곳이 다방이었다. 그 시절 다방은 문화의 중심에 있었다.

황금다방은 연말이면 인근 명다방, 가로수다방들과 함께 일일찻집을 하려는 대학생 서클이나 일반 단체들이 줄줄이 찾았다.

원로작가들은 "가을바람이 불기 시작할 무렵부터 시내 다방들 문앞에는 전시축하 화환이나 화분이 늘 놓여있었다. 휴일에 시내 다방을 한 바퀴 돌고나면 울산예술의 전시문화 흐름을 알 수 있었다"고 했다.

문인들도 다방과 친하기는 어느 예술분야 못지않았다. 울산예총 산하 10개 단체 가운데 1966년 3월 16일자로 제일 먼저 설립된 울산문협이 남구지역에서 오랜 유랑을 끝내고 지난 2018년도 3월 성남동 구 상업은행 앞 건물 3층으로 이전했을 때, 원로 문인들 몇몇은 수시로 이 골목을 걸으며 과거 젊은 날 추억에 빠졌다.

백발의 원로문인들이 골목길을 걸으면서 여기에는 어느 술집이 있었고, 여기에는 어느 다방이 있었다며 어린아이처럼 즐거워했다. 황금다방에 대해서는 한목소리로 시 낭송하는데 오디오 시설이 참 좋았던 다방이었다고 기억했다.

가수 등용문 역할도

황금다방은 대중문화예술분야에 기여한 바가 크다. 가수 지망생들에게는 황금다방에서 개최되는 모 방송국 가요 콩쿠르가 가수 등용문이었다.

이 방송국의 가요콩쿠르 녹화가 있는 날은 가수지망생들과 응원하기 위해 몰려든 사람들로 황금다방은 발 디딜 틈이 없었다. 가수 지망생들이 이 다방에서 열린 가요 콩쿠르에서 입상하면 가수가 되는 길이 있었기 때문이다. 대표적으로 그 길을 간 사람이 가수 설운도씨다.

황금다방 가요콩쿠르는 국민가수 설운도를 탄생시켰다. 설운도는

황금다방 입구에서 시계탑방향의 도심거리

황금다방 출입구

이 다방에서 열린 아마추어 가요콩쿠르에서 '이영춘'이라는 본명으로 출전해 대상을 받아 가요계로 진출하는 발판을 마련했다. 그에 대한 이야기는 많다. 그러나 대부분 구전되는 이야기로 크게 신빙성이 없다. 어찌됐건 간에 설운도라는 걸출한 가수가 황금다방 콩쿠르를 통해 가수로 데뷔했다는 것은 주지의 사실이다.

최근 언론에서 설운도는 1970년대 중반 울산에 갔다가 모 방송국 주최 노래자랑에 출연하게 됐다고 밝혔다. 당시 불과 열여섯 살이었던 설운도는 놀라운 노래 실력으로 울산 대표로 뽑혀 서울에서 개최된 전국 노래자랑까지 진출했다. 그는 금메달 네 개를 받았고 최우수상까지 수상했다.

뒷담화이지만 설운도라는 이름을 지을 때 운도는 지어놓았는데 성을 붙이는 과정에서 오래 고민했다고 한다. 최운도, 박운도, 정운도, 김운도 라고 해도 뭔가 2% 부족했다. 그래서 작곡가 선생이 큰 맘 먹고 설운도라고 지었다고 한다. 이름 덕분이었을까, 그에게 어느날 천재일우의 기회가 찾아왔다.

KBS방송국이 주관방송사로 남북이산가족 찾기 행사를 개최했다. 설운도는 절호의 기회에 남북이산가족의 아픔을 담은 곡 '잃어버린 30년'을 불렀다. 방송현장은 눈물바다가 됐다.

비가 오나 눈이오나/ 바람이 부~나/ 그리웠던 삼십년 세월
의지할 곳 없는 이 몸/ 서러워하며/ 그 얼마나~ 울~었던가요
우리 형제 이제라도 /다시 만나~서/ 못다한 정 나누는데
어머님~~ 아버님 그 어디에 계십니까/ 목메이게 불러봅니다

"니가 누고, 숙이 아이가"

"오마니 내가 숙이라요."

땅을 치며 통곡하는 이산가족들 사이를 비집고 가슴을 파고드는 설운도의 '잃어버린 30년'은 빅 히트곡이 되었다.

설운도는 이 노래 한 곡으로 대번에 벼락스타가 됐다. 그에게는 자고나니 세상이 바뀌어 있었다는 말이 이런 것이구나 하고 실감했을 것이다. 보통사람들이 이런 운을 만나기가 쉽지 않다. 설운도는 타고난 노래실력만큼이나 운이 따른 사람인 것 같다. 그 뒤부터 울산 노래자랑 콩쿠르 하면 설운도 이야기가 전설로 둔갑했다. 황금다방도 덩달아 떴다.

'남북이산가족찾기' TV 방영 당시 메인 곡으로 선정된 '잃어버린 30년'은 경기도 파주 임진각에 '망향의 노래비'로 세워져 북한이 고향인 망향인들의 아릿한 추억속에 자리 잡고 있다. '잃어버린 30년'은 역대 최단 기간 히트곡으로 기네스북에 등재됐다.

개천에서 용龍 났던 시절

7080 세대들이 청춘이던 때는 우스갯소리로 물이 맑아서였던지 강이 아닌 개천에서도 용이 자주 났던 시절이었다. 설운도 역시 이 노래자랑에 출전했을 때만 해도 대한민국 최고 가수가 되리라고는 누구도 생각지 못했을 것이다.

설운도 뿐만 아니라 그 시절 젊은이들은 정부의 경제개발 5개년 계획과 더불어 울산공단을 시작으로 전국에 공단이 조성되면서 희망의 꿈을 꾸는 기회가 왔다. 열심히 살았던 사람들 상당수는 경제인으로 큰 성공을 이루었다. 그 시절 기름 묻은 작업복을 입었지만 포부가 있었고 당찬 미래를 꿈꾸었다. '기름장(쟁)이'라는 말이 자랑스럽게 들렸던 도시 울산은 노력하는 청춘들에게 희망의 도시였다.

효문공단에서 성공한 K사장은 다방마담하면 어느 다방 마담이 예뻤다는 정도는 손가락에 꼽을 정도로 줄줄이 엮어냈다. 그는 옛 친구를 만나면 지난날을 추억하며 가끔 다방이야기를 양념처럼 내놓는다고 한다.

추억 속으로

학성공원 앞에서 시내버스를 타고 출근했던 한 친구는 "작업복을 입고 출근하는 대한민국 유일한 도시가 울산이었다."고 회고했다. 시내버스를 기다리다 상가점포에 물 배달 가는 반구동 로터리 물레방아다방 레지를 만날 때는 좀 당황했지만 이 레지가 체면 없이 "오빠야! 출근하나, 반갑다, 커피 한 잔 마시고 가라"하면서 오토바이를 세워놓고 많은 사람들이 보는 앞에서 태연하게 커피 한 잔 따라주던 낭만도 있었다고 한다.

그는 1970년대와 80년대 주말마다 시계탑 사거리 일대 음악다방에 출근 도장을 찍던 나를 알고있다.

최근 만났을때는 다짜고짜 하는 말이 "요즘 음악다방이 없어져서 오데 가서 노노" 하고 실없는 농담을 했다. 음악다방만 없어진 게 아

자료사진. 먼저온 사람들이 가방으로 자리를 잡아놓고 있다. 그 시절은 합석이 기본이었다

니라고 해주려다 간신히 참았다.

황금다방 주변 양복점을 울산신사들이 즐겨 찾으면서 맛집들이 제법 있었다. 수십 년째 영업하고 있는 경남은행 뒤 고궁식당은 점잖은 신사분들이 찾아오는 식사장소로 여전히 건재하다.

찌개 등으로 유명했던 풍전식당과 구미식당은 흔적이 없다. 이들 식당은 같은 골목으로 들어가 식당 문 앞에 가야 어느 식당 손님인지 나눠졌다. 이 두 집은 자타가 공인하는 그 시절 울산 최고 맛 집이었다. 예약 문화가 없던 때라서 식당 문 앞은 늘 긴 줄을 서야 했다. 황금다방

손님들도 자주 이 식당들을 들락거렸다. 찬바람이 부는 날 뜨끈한 국물을 먹고싶을 때는 이 식당들이 생각난다.

구미식당은 유행을 따라 찌개에서 횟밥으로 메뉴를 바꾸어서 수년전까지 영업했는데 주차장이 됐다. 풍전식당은 금옥만당이라는 중국 주점으로 간판을 바꾸었다. 세월은 그렇

7080세대들의 입맛을 사로잡았던 구미식당과 풍전식당.

게 흘러가버렸다.

추억은 문을 닫고

황금다방이 언제 문을 닫았는지 알 수 없지만 주변 상인들은 대략 20년 정도 됐을 거라고 짐작했다. 눈 깜짝할 순간 지나가버린 세월이다. 함께 소주를 마셨고 다방에서 커피를 마셨던 친구들도 직장에서 물러났다. 친구 자녀들의 결혼식 참석이 많아 주머니 사정이 여유가 없다고 하소연이다. 모두들 옛날 우리 아버지 어머니처럼 나이를 먹었다. 황금다방 주변 유명양복점에서 맞춘 정장에 캉캉 백구두를 신고 폼을 잡던 그들의 젊은날 모습이 떠오른다. 돌아보면 아련한 추억이다.

내가 놀던 정든 시골길/ 소달구지 덜컹대던 길
시냇물이 흘러내리던/ 시골길은 마음의 고향

가수 겸 방송진행자인 임성훈이 1977년 불러서 히트했던 '시골길'의 한 대목이다. 대단한 인기를 몰고 다녔던 대중가요다. 임성훈은 '시골길' 한 곡으로 그가 가수였음을 알게한다. 이 노래는 발표 되자마자 응원가로 많이 불렸고 대학축제에서도 단골 레퍼토리로 등장했다.

이외에도 기억나는 것은 줄줄이 알사탕처럼 많다. 황금다방 가요 콩쿠르에서 '시골길'을 불렀던 친구가 음정박자 불안으로 예선 탈락

했다는 소문이 나면서 우리들은 이 친구를 만나면 모르는 척 은근히 놀리는 방법으로 누가 먼저라고 할 것 없이 '시골길'을 불렀다. 화가 엄청 났던 친구 얼굴이 떠오른다.

아련한 시절

1970년대와 80년대 아가씨들은 무릎 위 30센티미터 미니스커트나 12인치 나팔바지를 입었고 8센티미터나 되는 하이힐을 신었다. 이에 반응하듯 총각들은 귀를 덮는 장발에 바지 무릎과 아랫단 실이 흥건하게 풀린 청바지를 입었다. 좀 더 잘 나갔던 청춘들은 몸에 꽉 끼는 가죽점퍼를 걸쳤고 목에는 총천연색 스카프를 둘렀다. 이런 패션의 유행을 이끈 것은 음악다방 DJ들의 차림이었다. 어른들은 말세라며 인상을 찌푸렸지만 당시로서는 로큰롤 황제 엘비스 프레슬리 스타일이었다. 청춘들은 화려한 그 차림에 끔뻑 죽었다. '락'이라는 새로운 음악문화의 상징이 된 히피바람이 어른들이 보기에는 정신줄 놓은 것처럼 보였을지라도 그들이 꾸는 꿈은 파란 하늘처럼 맑고 순수했다. 돌아보면 열심히 그 시대를 살아온 청춘들의 풋풋했던 순수함이 지금 세상을 놀라게 하는 K-팝 열풍을 몰고 온 밑천이 아닐까. 아니면 잘 사는 대한민국을 만들어낸 보이지 않는 힘이 됐다고 한다면 억지일까?

최근 어떤 사회인문학 연구소에서 58년생 개띠들에 대한 사회적 평가를 시작했다고 한다. 이들은 7080 세대 중심 인적자원이다. 인구수로 보면 60년생보다 적고 59년생보다도 적은 수다. 그런데도 유독 58 개띠들이 돋보이는 이유는 뭘까. 그것을 연구한다고 하니 재미있는 결과가 나올 것 같다.

더 바란다면 대한민국을 부강하게 만든 그들이지만 자식 키우고, 부모 모시고 하느라 정작 자신을 위해서는 아무 해놓은 것이 없다. 직장을 퇴직하는 순간 빈털터리가 돼버린 그들에게 정부가 쉴 자리라도 만들어 주었으면 한다.

도심 어디엔가 7080들의 젊은 날 추억이 고스란히 남아있는 다방

도 한 곳쯤 있었으면 한다. 노인복지차원에서 마을마다 경로당을 짓듯이 도시 골목에도 정담을 나누는 아담한 다방이 생겨났으면 한다. 민족중흥의 역사적 사명을 다한 갈 곳 없는 그들을 위해 지금부터는 사회가 고민해야 할 때가 됐다.

추억의 음악다방 DJ(극단 쫄병전선 청자다방 미스김 공연 중)

마무리

모처럼 시계탑 사거리에 나갔다가 2년 전(2000년) 직장에서 퇴직한 친구를 만났다. 그가 내게 물었다. "요즘 뭐하느냐"고. 답 대신 다시 내가 물었다. "요즘 너는 뭘 하느냐"고. 그와 나는 동시에 우물쭈물했다. 둘 다 말에 자신감이 사라졌다. 그는 퇴직 후에도 매일아침 정해진 시간에 출근하듯 열심히 산을 오르고 있는데 점차 싫증이 나서 무엇인가를 해야 되지 않나 고민 중이라고 했다.

나는 그에게 현재 하고 있는 운동이나 하며 사는 것이 '코로나 19' 세상에 돈 버는 것이라고 한마디를 했다. 우리가 과거와 달라진 것은 누가 먼저 커피 마시러 가자고 하지 않았다는 것이다.

그와 헤어져서 황금다방이 있던 건물로 다시 들어서다가 순간 뒤를

자료사진. 음악다방 노래신청 메모쪽지

돌아봤다. 멀어져가는 그의 정수리가 석양에 반짝였다. 대학시절, 황금다방에서 일일찻집을 열었을 때 커피 잔을 나르던 그를 떠 올렸다. 그 때 그는 얼굴에 윤기가 있었고 머리카락이 한 올도 빠지지 않았었다.

귀향다방

역전 다방이름치고 귀향다방만큼 정감 있는 이름이 또 있을까 싶다.

"귀향다방!"

이 다방 이름은 현재 진행형이 아니고 과거형이다. 왜냐하면 부르는 순간 기적소리가 들리고 독립운동을 위해 만주로 떠났던 사람들이 해방과 더불어 돌아오고 있는 느낌이 든다.

눈물이 쏟아질 것 같은 그리움이 물씬 묻어나는 이름이다. 그 다방이 울산 북구 농소읍 호계 역 들머리에 2019년 12월까지는 문을 열고 있었다. 장장 70년 동안 말이다.

호계역은 학성동에 있었던 울산역 다음으로 이 지역에서는 떠나고 돌아오는 사람들로 늘 붐볐다. 타지로 떠났던 사람들이 다시 고향으로 돌아오고 있다. 한마디로 귀향이다. 역에 내려서 대합실을 지나역 광장을 가로질러 나오는 그들 앞에 귀향다방이 있었다. 떠날 때

들렀던 모습 그대로였다. 어떤 심정이었을까. 돈 많이 벌어서 꼭 성공해서 돌아오라던 또순이 레지 미스 김이 눈에 삼삼하다. 발걸음이 자연스레 다방으로 향했다.

2013년 11월, 이 다방 맞은편 호계역은 단풍놀이 간다는 현수막이 대합실 입구에 붙어 있었다. 아마 그때가 호계역이 잘나갔던 마지막 시절이 아니었을까.

마담에게 "단풍놀이 손님들도 귀향다방에 들리느냐"고 물었더니 그는 고개를 좌우로 크게 흔들었다. 아니어도 한참 아니라는 뜻이다. "요즘 다방은 지역 노인들이 단골"이라면서 웃었다. 과거를 들춰 무엇하랴마는 1970년대만 해도 기차가 연착한다는 역무원 방송이 나

2013년 11월, 호계역. 단풍객들을 위한 안내 현수막이 붙었다. 어디로 떠날까

오면 누가 먼저랄 것 없이 사람들은 역전 귀향다방으로 몰렸다. 갑자기 다방입구에 긴 줄이 생겼다. 이 다방은 그 덕분에 제법 장사가 쏠쏠했다.

기자가 연착을 밥 먹듯 하던 시절, 귀향다방은 또 다른 호계역 대합실이었다. 가끔은 15분 연착한다는 안내방송을 해놓고 좀 일찍 도착하는 기차도 있었다. 커피를 다 마시기도 전에 멀리서 기적소리가 들릴 때면 남은 커피를 마저 마시려고 허둥대던 모습들이 흔했던 그 시절도 돌아보니 벌써 40년 전, 까마득한 세월이 하염없이 흘렀다.

2021년 12월 호계역은 새로 개통한 송정동 북 울산역으로 옮겨갔다. 기차가 오지 않는 그날부터 호계역은 갑자기 적막해졌다. 철커덕 철커덕 달려오던 기차가 내지르는 기적소리도 들리지 않는다. 역전 광장은 주차장으로 변했다. 5일장을 끼고 이 지역 최고 번화가로 군림했던 호계역 일대가 마술사의 마술처럼 순간 변두리로 전락한 모습에 뭔가 한마디로 말하기가 곤란한 서글픔 같은 것이 쓰나미로 몰려왔다.

반촌마을 호계는

먼저 귀향다방을 말하기 전 호계라는 지역에 대해 약간 설명이 필요하다. 지금이야 울산 북구의 중심도시로 변했지만 과거 호계는 농소면(읍)사무소가 있는 중심마을이다. 각종 기관이 호계에 있다 보니 타지 사람들은 단위가 큰 농소보다는 호계부터 먼저 알았다. 이렇게

된 데는 호계역이 한 몫했음은 당연하다.

호계는 울산이 공업도시로 발전하는 과정에서 농촌도 또한 도시도 아닌, 도시외곽의 어정쩡한 반촌이었다. 1970년대 초반, 현대자동차에 근무했던 강덕수씨는 "양정동이나 염포동에 셋방 구하기가 어려워서 차츰 차츰 변두리로 나오다 보니 명촌, 진장, 송정을 거쳐 호계까지 왔다."고 했다. 그는 아예 호계에 집을 사고 나서 제일 먼저 오토바이를 구입했다. 오토바이가 있으면 어디에 살던 시내버스 시간표에 구애받지 않았다. 자가용 오토바이를 타고 퇴근하다 귀향다방에 들러서 커피 한 잔 마시는 여유가 그 시절 낭만이었다고 기억했다. 얼굴을 익힌 마담에게 청량리행 기차표를 사놓으라고 부탁했던 적도 있다고 했다. 그런 것들이 수북이 쌓여서 지금은 아름다운 추억이 됐다며 웃었다.

그는 시내에서 밀려난 사람들이 비교적 방값이 싼 호계로 들어오

기 시작하면서 귀향다방과 지금은 교회가 돼버린 농소중학교 입구 소정다방 외 10여개 다방이 생겼지만 전통이 있는 귀향다방 마담과 레지들 매너가 가장 좋았다고 했다. 가끔 늦은 저녁, 퇴근하다 귀향 다방에 가면 마담이 기다리고 있었다는 듯 의미 있는 미소를 지었다. 모른 척 커피를 시키면 도라지 위스키 한 잔 하자고 수작을 걸어왔 다. 때로는 또 레지들이 붙잡아주지 않나 하고 자신이 먼저 농을 걸 었던 시절도 있었다며 웃었다.

귀향다방

호계역 광장에서 나오면 오른쪽에 기차고삐처럼 길게 늘어선 건물 중간쯤에 귀향다방이 있었다. 이 다방에서 경주 쪽으로는 호계 시장, 맞은 편은 농소면(읍) 사무소가 있고 공항방향 도로를 물고 지서(파 출소), 우체국, 농협, 초등학교 등 농소 중요기관들이 줄줄이 있다. 호

계는 지역 행정타운이었고 번화가였다. 사람들이 모여들었고 면사무
소에서 일을 끝낸 사람도 귀향다방에 들러서 커피를 한 잔 마셔야 그
날 일과를 정리하는 의미가 있었다.

그러나 세상에 영원한 것은 없다. 늘 그 자리에 있을 것 같았던 귀
향다방도 동해남부선 철길 공사가 한창이던 2년 전 문을 닫았고 현
재는 막창집으로 간판을 바꾸었다. 이 다방이 문을 닫은 것은 그냥
닫은 것이 아니라 장장 70년을 이어온 울산 원조다방 역사를 접었다
는 데 아쉬움이 크다.

사실 귀향다방이 문을 닫는다는 것은 10여 년 전, 동해남부선 복선
화 공사가 시작될 때부터 기정사실처럼 알고는 있었지만 막상 문을
닫고 나니 이 지역 남정네들의 청춘시절 소중하고 비밀스런 추억 앨
범 한 권을 송두리채 잃어버린 듯 허전했다.

다방이 개업한 때는

귀향다방은 언제 개업했을까. 아쉽지만 물음표만 남는다. 다만 동해남부선 철도 역사에서 어렴풋이 다방 개업일을 점칠 뿐이다. 2015년 10월, 내가 펴낸 『다방열전』을 중심으로 ubc 방송국에서 필자를 앞세우고 다방취재를 한 적이 있었다.

그 때 이 다방을 갔었다. 다방취재를 하는 중에 다방에 들어선 노인한 분이 계셨다. 그에게 이 다방 이야기를 꺼내자 그는 아무 말 없이등에 지고 있던 허름한 배낭을 내려놓더니 내가 쓴 『다방열전』을 꺼내는 것이었다. 그러면서 "다방에 대해 물어 볼라고 하면 최소한 이책은 보고 와야지" 하는 것이었다. 미리 짜고 치는 화투마냥 사전에필자가 약속하고 노인을 불러낸 듯해서 깜짝 놀랐던 기억이 새롭다.

귀향 다방에서는 시간이 자전거 바퀴처럼 느릿느릿 흐른다.(2012)

당시 팔십 중반이라는 농소 본토박이 그 노인은 "철모르던 시절 귀향다방에서 어른들이 들고나는 것을 본적이 있다"고 했다. 이를 근거로 치면 최소 해방 전후거나 아니면 1950년 한국전쟁 전후로 추정된다. 단지 기록이 남아있지 않으니 증명할 방법이 없다.

동해남부선은 전체구간이 부산진역에서 포항까지다. 호계역은 일본이 동대산과 무룡산에서 벌목한 목재와 곡창지대인 농소 신답들에서 생산된 농산물을 전쟁물자로 수탈하기 위한 목적으로 1922년 10월 25일 조선총독부 관할 보통 역驛으로 영업을 개시했다. 그러다가 1950년 3월 10일 무장공비의 기습으로 역사驛舍가 소실됐고 1958년 8월 8일 역사를 개축해 오늘에 이르고 있다. 역사驛舍가 소실되고 새로 지어질 때까지 이 다방은 역 대합실 역할을 하지 않았을까. 모든 것은 추정뿐이지만 그렇게 따져보면 그 세월도 80년이다.

"만약에 그 추정이 사실이라면 귀향다방은?"

입이 딱 벌어진다. 문헌상으로 남아있지는 않아도 울산 최초 근대 다방이라고 하는 시내 성남동 동아약국 맞은 편 신천지다방보다 개업이 빨랐다는 이야기가 된다. 1950년대 이미 이 다방이 영업하고 있었으니까 말이다.

그 때를 추억하다

10년 전 울산지역 다방을 찾아다닐 때 호계역 앞에 귀향다방이 영업하고 있다는 소문을 들었다. '그 다방이 남아 있구나' 불현 듯 가보

1986년 가을. 이륙정밀 개업식 고사를 지내는 모습

고 싶었다. 자동화 기계가공 공장을 한다면서 호계 수성 마을 어느 소를 키우던 마구간을 공장으로 개조, 공작기계를 설치하고 고사를 지냈다. 기계 앞에 웃는 돼지머리를 올려놓고 정성스레 절을 했다.

그 때는 용기밖에 없었다. 아무 일이나 해도 될 것 같은 자신감이 있었다. 사업을 한다며 29세에 현대차에 사표를 내고 나올 때는 신바람이 나서 휘파람을 불었다. 사업은 나이 30전에 해야 한다며 떠들었다. 하지만 세상은 그렇게 호락호락하지 않았다. 부딪치는 것마다 생소했고 풀어질 기미가 없는 일들이 줄을 섰다. 결재는 대기업 스타일, 거래는 철공소 스타일이었다. 결국 1년여 만에 가진 것 모두를 털어먹었다. 한방에 부루스였다. 공장 이름이 이륙정밀이었다. 26일이 창업일이라서 단순히 정한 이름이었는데 정말 이륙해서 궤도를 잃고

날아가 버린 것이다. 공장을 운영하면서 머리가 아프면 귀향다방에
와서 쉬었다. 이 다방을 생각하면 그 시절 생각에 가슴이 아프다. 그
잊지 못할 다방이 문을 열고 있다니….

찬바람이 싸늘하게/ 얼굴을 스치면
따스하던 너의 두 뺨이/ 몹시도 그리웁구나
푸르던 잎 단풍으로/ 곱게곱게 물들어
그 잎새에 사랑의 꿈/ 고이 간직 하렸더니
아아아아/ 그 옛날이 너무도 그리워라
낙엽이 지면 꿈도 따라/ 가는 줄 왜 몰랐던가

차중락이 부른 번안 곡 '낙엽 따라 가버린 사랑' 일부이다. 이 다방
을 찾아가면서 일부러 CD를 챙겼다. 공장을 할 때 자주 들었기 때문
이다. 이 노래는 만추에 부르면 더 깊은 맛이 난다.

까마득한 추억을 들추며 찾아간 날은 가을햇살이 유난스레 따뜻했
다. 역 주변 빈터마다 고추가 햇볕에 온몸을 말리고 있었다. 목가적
인 가을풍경이었다. 역 광장 느티나무도 아름답게 물든 단풍잎들을
바람에 떨구는 중이었다. 낙엽이 된 잎들은 바람에 떠밀려 구석마다
수북이 쌓였다.

가을은 누구나의 가슴에 마른 바람구멍이 나는 경험을 하게 만들
면서 떠나가는 것이리라.

유리창에 새긴 귀향다방, 사진을 찍는 필자의 모습이 비친다.(2012)

'아니 이럴 수가!' 사실이었다.

역 들머리에 귀향다방이 떡하니 버티고 서서 영업 중이었다.

어느새 성큼 다가서서 다방 출입문을 열었다. 새시 문이 오래됐음을 말하듯 삐거덕 소리를 냈다. 문이 열리면서 순간 코끝에 확 다가오는 한마디로 표현하기 어려운, 꼬지래 한 냄새. 7080 세대들의 향수가 코끝을 자극했다. '뭐랄까, 이 기분' 한참을 지나니까 적응이 됐다.

마담이라 불러야 할지, 사장님이라고 불러야 할지 50대 후반 여자가 반백의 아저씨와 앉았다가 일어나더니 반갑게 자리를 안내했다. 거죽이 낡았고 실밥이 터진 소파에 엉덩이를 들이밀고 마주한 벽을 보았다. 언제 도배를 했을까, 누렇게 변색된 벽지에 붉은색 「금연」을 고딕으로 인쇄해 붙였다.

　들어오기는 했는데 마담과 눈길이 마주치는 순간 할 말이 없었다. 무슨 용무가 있어서 온 것이 아니었다. 그냥 "사장님, 커피 한 잔 주세요."했더니 마담이 웃었다. 혼자 오는 사람은 거의가 일없는 단골 노인들 뿐인데…, 그도 이상한 듯 습관적 화법으로 "한 잔 만요?"하고 되물었다. "사장님도 한 잔 하세요" 했더니 내 것은 봉다리 커피, 즉 추억의 333 다방커피를 내왔고 자신은 요구르트에 빨대를 꽂아서였다.

　커피는 옛날식 다방의 꽃그림 커피 잔이 아니라 볼품없는 머그잔에 담았다. 잔이 깊어서 커피가 가문 날 웅덩이에 고인 물처럼 느껴졌다. 혼자 마시는 커피는 맛을 음미하고 자시고 할 것은 없었다. 팔팔 끓는 물을 부어왔는지 순간 뜨거워서 잔을 들다말고 내려놓았다. 창밖을 멍하니 바라보고 있는데 요구르트를 단숨에 마신 마담이 "커피 잘 마시이소." 진한 경상도 사투리로 한 잔 사줘서 고맙다는 인사를 했다.

　옛날에는 커피 한 잔 사주고 듣는 마담과 레지들의 시시콜콜 인생 유전 이야기가 어떤 소설보다 더 재미가 있었다는 생각을 했다. 그 시절 아가씨들은 다방이라는 물장사 특성상 일면식 없는 타지에서 온 경우가 대부분이었다. 그들의 사투리를 듣고 떠나온 고향을 짐작했었다.

　물장사를 하지만 그 시절 다방 레지들은 또순이들이 많았다. 울산

와서 독하게 마음먹고 돈을 벌어서 고향집에 소 한 마리 사주는 것이
희망이었던 최양도 있었다. 그녀는 다른 다방에서는 박양으로 불렸
고 여기서는 귀향다방 최양이라고 자신을 소개해서 한참을 웃었다.
또 부모님 약값에, 동생들 학비도 이들이 책임져야 하는 것이 그녀의
어깨 위를 누르는 짐이었다. 오늘도 그렇고 그런 사연 있는 마담이나
레지가 있었다면…. 아쉬움에 빈 입맛만 다셨다.

　주방 앞에 배추가 몇 포기가 있었다. 마담은 인심 좋은 단골 영감님
이 배추를 뽑아가다가 들러서 몇 포기 인심을 쓴 것이라고 했다. 마
담과 이런저런 이야기를 나누는 사이, 눈치 없는 커피가 식어버렸다.
그냥 커피 잔을 밀쳐두었다. 성냥 곽이라도 있다면 매미집이라도 지
어볼 텐데, 탁자 위에는 금연한다 해놓고 재떨이만 덩그러니 놓여있
다. 간혹 단골이 담배를 피우면 어쩔 수가 없나보다. 탁자는 심심풀

벽에 금연이란 글씨가 선명하다. 담배를 물던 아저씨가 슬그머니 밖으로 나갔다.

이 삼아 누군가 담뱃불로 지진 흔적이 여러곳 있다. 나가야할 때가 됐다싶어서 일어서다 마담에게 언제 다방을 인수했는지 물었다. 무덤덤하게 10여년 됐다고 했다. 그녀는 그래도 이 다방이 호계 최초 다방이라고 자랑을 했다.

다방내부를 둘러보는 필자의 눈치가 이상했던지 마담은 묻지도 않았는데 호계역이 송정동으로 옮겨가면 다방을 폐업할 것이라고 했다. 그래서 좀 누추하지만 돈 들여서 굳이 인테리어 할 필요가 없다고 했다. 고개를 끄덕이며 커피 값을 물었더니 한 잔에 단돈 2천원이라고 했다.

"좀 더 받아도 될 낀데"

생강차가 한잔에 2천원이다.

마담은 "토박이 어른들 덕분에 겨우 유지되는데 커피 값을 올리면 안 된다"고 손사래를 쳤다.

출입문 쪽으로 나서자 마담이 앞서 문을 열어주었다. 문밖까지 나와서 잘 가라고 인사까지 했다. 때마침 동대구에서 부전역으로 가는 우등 열차가 구내로 들어왔고 30여명의 사람들이 개찰구를 지나 몰려나왔다. 그들은 아무도 귀향 다방에 들리지 않았다.

마무리

귀향다방은 수많은 이야기를 가슴에 담고 호계역과 함께 역사의 뒤안길로 사라졌다. 이 역이 1922년 10월 25일 영업개시 후 2021년 12월 28일 영업을 끝낸 날을 헤아려보니 100년의 세월이 도도한 강물처럼 흘렀다.

지난 4월 초, 호계역 기념사진이라도 남겨둬야 될 것 같아서 찾아갔을 때는 "아뿔사" 시기가 좀 지난 뒤였다. 역은 모든 출입구가 쇠줄로 감겨있다. 대합실 입구에 북 울산역으로 이전했다는 현수막이 걸려있었다. 깨금발을 하고 담장 너머로 고개를 들이밀었다. 젓가락처럼 곧게 뻗어있던 철길도 이미 걷혀버렸다. 그냥 맨 자갈밭이었다. 플랫폼에 남은 것은 호계역 팻말뿐이다. 허망했다. 하지만 저 팻말마

귀향다방이 어느날 남도막창으로 바뀌었다.(2020)

2021년 12월 28일 호계역이 문을 닫았다. 지역 정치인들이 기념사진을 찍었다

저도 언제 사라질지 알 수 없는 일이다. 사진 몇 장을 급히 찍고 돌아서야 했다.

철도영업은 접었지만 호계 역사驛舍는 지역민들의 염원대로 근대문화유산으로 남았으면 한다. 플랫폼 곳곳에 설치미술작품이 있고 대합실 벽에 시화 작품들이 액자로 걸리는 날, 호계역은 그 오랜 세월을 견뎌온 파란 만장했던 시절 이야기를 쏟아낼 것 같다.

공단도시 곳곳에 다방이 지천이던 시절, 울산은 사람 사는 냄새가 진동했다. 다방이 사랑방 역할을 했었다. 어느 날 다방이 자취를 감추어버린 지금, 우리는 어디서 온기 나는 사람냄새를 맡아야 할까.

다방은 보존해야할 근대문화유산 1급 위기보호종 공간이 됐다. 이제 호계에도 다방이 한 곳도 남아있지 않다. 다방 종자 씨가 말라버렸다. 문을 닫은 역과 역전 귀향다방을 엮어서 문화공간으로 만드는 일에 시민들의 관심이 필요하다. 모든 것이 더 사라지기 전에 말이다. 호계 역사驛舍가 근대문화공간으로 다시 문을 여는 날, 귀향다방도 함께 복원된다면 얼마나 좋을까. 이 다방에서 흘러간 과거 이야기를 하면서 너스레를 떨고 싶다. 연탄난로 화덕에서 보글보글 끓는 엽차를 마시고 한복을 곱게 차려입은 마담이 타주는 커피 3, 프리머 3, 설탕 3, 즉 '333 다방커피'를 마시는 게 꿈일까. 부디 그 꿈이 현실로 이루어지기를 빈다.

추신

1. 지난 5월 11일 호계 장날 주차를 위해 찾아간 호계역은 2022년 8월1일까지 농소1 임시파출소로 사용한다는 현수막이 나붙었다. 호계역은 영업개시 100년 만에 파출소로도 이름표를 달았다.

"호계역이 파출소가 되다니, 원래 역 앞에 파출소가 있어야 정상인데…" 임시파출소가 떠나가고 나면 또 어떤 이름표를 달까. 세상일은 알다가도 모를 일이다. 역사는 아이러니하다는 말이 실감난다.

2. 울산예총 이충호 고문은 농소 토박이다. 귀향다방 이야기를 쓰고 있다고 하자 호계에서 가장 오래된 다방은 역앞 목욕탕 인근에 있었던 「호다방」이라고 했다. 훗날 챙겨봐야할 일이다.

태화다방

태화다방 흔적을 찾아 나서던 날은 전신에 힘이 쑥 빠지는, 그냥 아무데나 기대고 싶은 나른한 2022년 봄날의 끝자락이었다. 올해는 초봄 가뭄으로 꽃들이 제대로 필까 걱정했는데 가뭄 덕분에 오히려 벚꽃이 오래 피었다가 졌다. 지금은 이팝꽃이 지천이다.

울산은 다른 도시들보다 이팝나무 가로수가 많다. 새마을 노래가 한창이던 시절의 대통령은 청와대에 입성해서 기념식수로 이팝나무를 심었다고 한다. 국민들이 쌀밥 먹는 그날을 앞당기기 위해서라는….

이팝꽃 꽃말이 뭘까, 즉답으로 영원한 사랑이란다. 사랑! 그것도 영원한 사랑이라면…. 사랑을 들먹였던 젊은 날의 그 풋풋한 아가씨는 어디서 잘 살고 있을까. 늙어가다 보면 나름 젊었던 날의 아릿한 추억들이 가끔 생각난다. 그 많은 이야기를 머금고 있는 곳 중 한 곳이 다방이다.

길을 나서면서 울산에 살기위해 고향을 떠나왔던 그 때를 떠올렸다. 현대자동차에 입사면접을 보고 합격통지서를 기다리던 1978년 5월 초, 어버이날을 며칠 앞두고 출근하라는 전보가 고향집으로 날아왔었다. 하필 출근일이 5월 8일이었다. 어머니 가슴에 카네이션 한 송이를 달아드리지 못한 것이 못내 아쉬웠던 기억이 난다.

고향을 떠나던 날, 면소재지에서 출발한 완행버스가 비포장도로 구름먼지를 몰고 달려와서는 내 앞에 멈추었다. 뒤따라온 구름먼지가 버스를 앞질러서 갔다. 간신히 숨을 참으며 버스에 오르자 직직대는 라디오에서 백설희의 가냘픈 음색으로 「봄날은 간다」가 흘러나왔다.

연분홍 치마가 봄바람에 휘날리더라/ 오늘도 옷고름 씹어 가며 산제비 넘나드는 성황당 길에/ 꽃이 피면 같이 웃고 꽃이 지면 같이 울던/ 알뜰한 그 맹세에 봄날은 간다

1970년대와 80년대 청춘들은 이 노래를 들으면서 봄이 온 줄을 알았고 또 뜸해진다 싶을 때 봄이 가는 줄 알았다. 손노원 작사, 박시춘 작곡, 백설희 노래로 녹음되어 한국전쟁 이후 1954년에 새로 등장한 유니버설레코드에서 첫 번째 작품으로 발표된 「봄날은 간다」는 가수

백설희의 대표곡들 중 하나다. 장사익 등 많은 가수들이 자신의 레퍼토리처럼 부르고 있다. 돈 많이 벌어야지, 하며 고향을 떠나오던 날 자꾸 뒤가 돌아보였던 기억으로 이 노래를 들을 때마다 가슴이 화롯불에 덴 것 마냥 후끈해진다. 청춘시절, 모난 돌이 몽돌이 되어가듯 우여곡절을 겪은 인생살이가 누구에게나 쉽게 잊힐 기억은 아닌 것 같다.

우리들의 봄날은

일반인들이 자가용 승용차를 가진다는 것은 함부로 생각지도 못하던 1970년대다. 차를 생산하는 현대자동차는 부서별 업무용 차량으로 '포니2'를 배정했다. 이 차는 일반적으로 부서장 전용차량으로 알고 있을 정도였다. 부서장이 거의 타고 다녔다. 부서장이 자기 승용차처럼 함부로 열쇠를 내주지 않았다. 어디를 다녀오겠다고 차키를 달라고 하면 부서장은 "너 면허증은 있나." 있다고 하면 "언제 땄나" 하면서 구내버스를 타고 가라며 신경질을 부렸다. 간혹 업무용 차량을 쓰고 나면 세차까지 해야 할 때도 있었다.

실제로 운전면허증을 가진 경우도 드물었다. 운전면허가 무슨 대단한 국가기술자격증처럼 인식되던 때였다. 1980년대에 들어서면서 회사에서 자동차공장에 근무하면서 운전면허가 없다는 것은 말이 되지 않는다며 운전면허증 취득기회를 마련해줬다. 회사에서 자동차운전학원들과 계약을 하고 등록하는 사원들에게 한시적으로 근무시간

을 조절해 주었다. 또 운전학원 강습비를 저렴하게 해주는 바람에 많은 사원들이 이때 운전면허증을 취득하게 했다. 지금 이야기하면 지나가던 개도 웃을 일이지만 운전면허시험 합격한 사람들끼리 모여서 자축하는 회식도 했다.

그 때는 운전면허증이 귀한 자격증이었다. 울산에서 연습은 했지만 시험은 마산 진동 운전면허시험장까지 가야 했다. 하루 휴가를 내고 끼리끼리 모여서 갔으니 합격했다는 것이 감개무량하고도 남을 일이었다.

다방에 가서 운전면허증을 내놓으면 레지들이 부러운 눈으로 면허증을 들고 이리저리 살펴보기도 했다. 그러다가 레지가 하는 말 "내 동생이네" 커피 한 잔 사줄 때 오빠라고 불렀는데 알고 보니 어리다는 것이었다. 그날은 운전면허증 취득 기념으로 당연히 마담부터 레지까지 커피를 돌렸다.

언젠가 부서장이 서울 출장을 간 날이었다. 운전면허증이 있는 친구와 부서 업무차량 '포니 2'를 타고 다방 커피를 마시러 간적이 있다. 다방 앞에 차를 세워두면 길 가던 사람들이 차를 빙 둘러싸고 구경을 했었다.

세상이 변하면서 다방에도 배달 오토바이가 생겼고 그 후 티켓 다방이 성업하면서 배달용 승용차까지 구입하던 때가 1990년대다. 잘 나가던 다방들은 2000년 들면서 경제가 부흥하는 틈바구니에서 변화를 받아들이지 못하고 결국은 사라져 갔지만….

또 다른 기억하나

고향 가기 위해 우정동 시외버스터미널에 나왔다가 차 시간이 어중간하면 별 수가 없었다. 차표를 쥐고 이리저리 다방을 찾았다. 어디로 갈까. 거리상으로는 시외버스터미널다방이다. 하지만 그 시절

로얄예식장(2010. 사진제공 사진가서진길 울산예총고문)

터미널 다방은 도떼기시장이었다. 잠시도 가만있지 못하게 했다. 버스출발을 알리는 마이크 소음도 문제지만 만년필, 샤프연필 등등 만물잡화를 007 가방에 넣고 나타나는 장사꾼들이 수시로 들락거렸다. 갑자기 테이블위에 가방을 펼치고 이것저것 선전을 해대는 바람에 휴식은 아예 포기해야 했다. 가끔은 "형님, 밥 좀 먹게 돈 좀 주십시오" 하는 거렁뱅이들도 돌아다녔다. 터미널 다방보다는 귀찮아도 주변 다방들을 찾아나서는 것이 상책이었다.

우정동 시외버스터미널 주변 다방은 눈을 감고도 찾아갈 만큼 훤했다. 최근 주상복합건물 신축이 한창이지만 골목은 그대로였다. 터미널 앞에서 도로 건너, 과거 가락병원 지하 행복다방, 우정 지하도 코너 태화다방, 로얄예식장 건너 태화 5일장 입구 청궁다방, 화진다방 정도를 꼽을 수 있다. 이들 대부분 다방들이 영업하고 있다. 그 중 태화다방만 주상복합 건물 신축부지에 들어가면서 5년 전 건물이 철거됐다. 40여년을 버티던 이 다방이 문을 닫으면서 태화강 둔치 푸르렀던 밀밭의 밀회 기억도 함께 사라져버렸다.

태화다방

이 다방을 찾았던 기억이 새롭다. 다방이 문을 닫기 직전이었던 것 같다. 이팝꽃이 무리지어 피던 2015년 5월 초순, 태화루에서 우정지하도 시내버스 정류장으로 가던 중 태화다방 건너편 신호등에서 걸음을 멈추었다. 파란불이 켜지기를 기다렸다. 그때 맞은편 건물 2층에 다방 역사만큼 두꺼운 먼지가 쌓인 태화다방 간판이 눈에 띄었다.

"아직도 영업을 하나?"

갑자기 기억의 필름이 거꾸로 돌아가기 시작했다. 그 시절 노래 한 곡이 떠올랐다. 1977년 연말부터 1980년대 초반을 강타하며 청춘들의 사랑을 받았던 노래다.

아니 벌써 해가 솟았나/ 창문 밖이 환하게 밝았네/ 가벼운 아침 발걸음/ 모두 함께 콧노래 부르며/ 밝은 날을 기다리는/ 부푼 마음 가슴에 가득/ 이리 저리 지나치는/정다운 눈길 거리에 찼네

산울림은 신혼부부들이 싫어하는 노래로 인기를 모았다. 반대로 신혼부부들이 좋아했던 노래는 '아직도 어두운 밤인가봐 하늘엔 반짝이는 별들이…' 이다. 전영록이 불렀다. 산울림의 「아니 벌써」라는 추억

태화사거리 지하도 코너 교동방향 2층

의 노래를 오늘도 들을 수 있을까.

무지무지 그간의 세월이 궁금했다. 이 다방에 처음 왔었던 기억들을 더듬기 시작했다. 또 마지막 왔던 날이 언제였을까. 아마 승용차를 구입하고 난 뒤부터였지 않았을까. 대략 2천 년대 초반까지는 가끔 왔을 것 같았다. 현대차를 그만두고 자동화전문기업을 창업했고 경험 부족으로 회사가 망했을 즈음 신문방송학과 출신임을 앞세우고 마침 창간한 지역 신문사에 기자로 입사했다. 기자시절 이 다방에서 원고지를 꺼내놓고 기사를 쓰기도 했었다. 그러고 보니 나의 삶도 참 우여곡절이 많았다.

애송이 기자 때는 승용차가 없었다. 사건담당기자들은 취재용 차량을 타고 다녔지만 문화부기자였던 필자는 급할 게 없어서 취재용 차량을 이용할 기회가 없었다. 하루 종일 걷는 뚜벅이로 살았고 시내버스가 주요 교통수단이었다.

승용차가 생기면서 우리들은 일상의 소소한 이야기꺼리들을 많이 잃어버린 것은 분명한 사실이다. '빨리 빨리' 편리성만 추구하며 추억들을 까마득히 잊고 살았다. 오늘 태화다방을 만난 건 기쁨이었다. 차를 두고 나오길 참 잘했다는 생각이 들었다.

차를 운전해서 나왔다면 태화다방은 처음부터 안중에도 없었을 것이다. 아니, 있는지 없는지도 궁금하지 않았을 것이고 신호등의 불빛에 따라 그냥 움직였을 것이다. 이런 재수도 있음에 세상살 맛이 나는 것 아닐까 싶다. 차를 두고 나온 것이 탁월한 선택이었음에 거듭 미소를 지었다.

중요한 것은 정말 다방 문을 열어놓았을까. 조바심이 났다. 참새가 방앗간을 그냥 지나친다면 이미 참새가 아니지, 나도 다방 문이 열려 있다면 그냥 지나칠 수는 없는 일이었다.

"커피나 한 잔하고 갈까" 마음과 몸이 동시에 결정을 내렸다.

2층 다방 계단을 발자국 소리가 나게 뛰듯이 올라갔다. 다행스럽게 문은 열려 있었다. 중년으로 뵈는, 7080 청춘들 같은 두 명이 낡은 의자에 엉덩이를 내려놓고 바둑을 두고 있었다.

주인 마담 혼자서 영업하고 있었다.

바둑을 두고 있는 저 양반들이 젊었던 시절, 이 다방은 빈자리가 없었다. 태화루 터에 로얄 예식장, 또 바로 옆에 용궁예식장이 있을 때는 레지가 3명이나 있는 손가락에 꼽을 만큼 잘나가던 다방이었다.

태화다방 뒤 먹거리 골목

특히 이 다방은 신랑과 신부 친구들 즉 우인들이 서로 만나 상견례 하던 곳이었고 피가 끓는 청춘들끼리 누가 먼저랄 것도 없이 초면에도 낚시 밥을 던져 낚아채는 경우도 제법 있었다. 간보기 하러 갔다가 또 짝을 이루는, 어찌 보면 다방은 청춘들의 삶에 매우 필수적인 곳이었다.

태화다방은 조망도 압권이었다. 강 건너 남산 은월봉과 십리대밭이 한눈에 들어오는 명당이었다. 또 남구 월평(태화로터리) 고속버스터미널에서 차를 놓친 사람들이 우정시외버스 터미널로 걸어오는 모습을 창가에 앉아서 지켜보는 것도 누구를 기다리던 무료한 시간을 때우는 재미중 하나였다. 오월 이맘때는 강 둔치 밀밭도 볼만했다. 싱싱하게 푸르렀던 밀밭은 혈기왕성한 청춘들 때문에 해마다 쑥대밭이 됐다. 제대로 된 수확을 한 번도 해보지 못했다는 그 시절 밭주인들의 알 듯 모를 듯 한 말에 웃음이 났다. 왜 밀밭에 갔을까. 돌아보면 참 아름다웠던 시절의 달콤한 이야기는 끝이 없다.

태화다방을 들렀던 기념으로 나오면서 간판사진 몇 장을 찍었다. 그 때는 다방건물이 헐릴 것이라는 생각도 못했다.

아련한 추억들

내가 1978년 5월 현대차 울산공장에 입사한 후 몇 년을 근무하다 81년 야간대학을 다니던 시절은 20대 초반이었다. 그 나이 때는 돌을 먹어도 소화를 시킬 정도였다. 학교 강의가 끝나고 나면 밤 9시가

훌쩍 넘었다. 이 시간이면 왕성한 식욕으로 허기가 졌다. 라면집이
눈에 아롱아롱 했다. 시내버스가 우정지하도 정류장에 도착하면 무
의식적으로 그냥 내려서 시외버스 터미널 맞은편 우정시장 골목으로
뛰었다.

　그 골목을 근래 다시 갔었다. 40년이 흘렀는데도 골목은 크게 변하
지 않았다. 그 때 장사하던 사람들이 대부분이다. 단지 젊었던 주인
들이 나이를 먹었을 뿐이다. 식당골목은 시계탑 사거리 옥교동 옥골
시장만큼 유명한 식당가였다. 시외버스를 타러 왔다가 어중간한 시
간을 맞추기 위한 사람들이 한 끼 식사를 해결하던 곳이기도 했다.
시외버스터미널이 1999년 후반 남구 삼산동으로 옮겨가기 이전까지

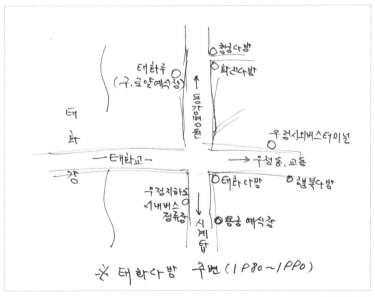

태화다방 약도

는 늘 북적거렸던 골목이다.

우리들은 라면 등으로 간단하게 요기를 하고나면 꼭 누군가가 커피로 입가심을 해야 한다면서 '문화인답게'를 외쳤다. 모두 태화다방으로 몰려갔다. 자주 가다보니 어느 날 내 위치가 카페 우수회원 같은 단골수준으로까지 업그레이드 됐다. 단골 대우가 별거는 아니지만 아무 때나 초란 노른자를 띄운 모닝커피를 마실 수 있었다.

1980년 기능직 사원이라는 독특한 호칭이 생기기 이전까지 공돌이 공순이로 불렸던 우리들은 그 천한 호칭에서 벗어나기 위해 낮에는 직장인, 밤에는 대학생이었다. 또 공돌이 중에서 기능사자격증이 있는 경우 군 입대 영장이 나오는 날부터 5년간 특례보충역으로 군사훈련까지 받아야 하는 세 가지 일을 동시에 해냈다. 휴일에는 밀린 빨래를 해야 했고 과제를 하느라 정신없을 만큼 바빴지만 틈이 나는 시간에는 취미생활처럼 단골다방을 찾아 커피를 마셨다. 대부분이 시계탑 사거리 일대 음악다방을 갔었지만 나는 밥 대신 자장면이 생각나듯 시계탑을 지나 태화다방까지 갔다. 태화다방에 가면 마담과 레지가 반색을 하며 반가워했다. 그 친절이 양정동 현대차숙소에 살았던 내가 시계탑 음악다방들을 지나서 태화다방까지 같던 이유일 수도 있다.

당시의 기억 하나를 떠올린다. 1982년 1월 5일 역사적인 통행금지가 해제됐다. 그 며칠 후가 월급날이었다. 우리들은 각자 현금을 얼마씩 추렴해서 통행금지 해제기념으로 우정시장골목으로 갔다. 식당에서 저녁식사 겸 소주파티로 1차를 끝내고 2차는 태화다방으로 갔었다. 문 입구에서 마담에게 "오늘은 올 따블 티(모두 도라지 위스키)다"하고 큰소리를 쳤다. 마담의 얼굴에 환한 미소가 번지는 순간이었다. 다방 매출은 '티'가 큰 비중을 차지했다. 마담들은 울산 큰 공장들 월급날을 알고 있었기 때문에 우리들이 찾아갔을 때는 대충 분위기를 읽고 있었다. 레지들까지 한 잔 씩 하고 일부러 11시 20분 마지막 시내버스를 놓치고 우정지하도에서 숙소까지 택시를 탔었다. 왜냐하면 그 날은 통행금지 해제기념이었기 때문이다. 진달래 먹고 물장구 치던 시절의 추억이다.

2014년 5월 14일 준공식을 가진 태화루

울산에서 태화太和는

태화는 사실 함부로 사용해서는 안 될 고귀한 이름이다. 그러나 울산에서는 미장원, 다방이나 홍등가 술집까지도 태화라는 이름을 흔하게 사용하고 있다. 울산시가 수 년전 정명 600년, 울주가 정명 1,000년이라면서 축제까지 개최했지만 사실 태화라는 이름은 1,300년의 장구한 역사를 갖고 있다. 신라 선덕왕 때 경주 황룡사 9층 목탑과 통도사, 태화사를 창건한 자장스님으로까지 줄을 대야하기 때문이다.

태화사는 통도사에 버금가는 큰절이었지만 임란壬亂때 불탄 후 400여 년이 지난 2014년 5월 태화루만 간신히 그 터에 복원됐다. 이 누각 앞을 유유히 흐르는 태화강, 그리고 용금소 굽이치는 물길만이 과거를 기억하면서 도도하게 1,300년의 세월을 흘러왔다. 여하튼 태화라는 이름이 울산이나 울주라는 지명보다 더 역사가 깊다는 말이다.

마무리

태화다방은 남구 태화로터리에서 태화다리를 건너오면 바로 마주보는 위치다. 울산관문다방이었던 남구 공업탑 로터리 원다방 만큼이나 유명한 구시가지 관문다방이었다.

우정동 지하도 정류장에 내려서 지하도를 건너 시외버스터미널 방향으로 나오면 만나는 3층 건물 2층의 태화다방. 옆에 용궁예식장이 성업할 때는 손님들로 문전성시를 이루었다.

오늘 문득 태화강 용금소 물안개마냥 자욱한 담배연기 속에서 커피 잔을 나르는 레지들이 비좁은 테이블 사이를 용케 엉덩이를 흔들며 지나가는, 그들의 미니스커트 걸음걸이가 볼만했다는 기억에 웃음이 난다. 연방 울려대는 계산대의 전화기 3대를 붙들고 손님과 연결해 주느라 마담은 잠시도 고개를 들 틈이 없었던 그 때가 1980년대 후반에서 1990년대 초반, 이 다방의 봄날이었다. 그 애틋했던 봄날이 '코로나 19'로 올해도 무심하게 지나가고 있다.

약속다방

 방어가 많이 잡혔다고 해서 붙여진 어항漁港 방어진은 울산시내와
는 별개의 신도시가 형성돼 있다. 전하 만灣에 현대조선소가 건설되
기 이전, 방어진항을 중심으로 청구조선, 방어진철공조선 등의 규모
가 작은 조선소들이 어선들을 건조했고, 이 어선들이 잡아오는 싱싱
한 횟감들로 항구는 늘 생기가 있었다.

 방어진 구시가지는 십 년 전이나 지금이나 크게 변하지 않았다. 다
만 그 때 있었던 석다방과 약속다방이 문을 닫았다. 뱃사람들과 조선
소 근로자들을 상대하는 다방들이 추억을 밑천삼아 문을 열고 있다.

 「코로나 19」로 사람간의 이동이 제한받지 않았던 3년 전만 해도
부산과 동대구에서 시외버스 회사들이 방어진 직통 직행버스를 하
루 수십 회 운행했다. 퇴근시간에는 일찌감치 줄을 서야 정해진 시간
에 버스를 탈 수 있었다. 하지만 「코로나 19」로 비대면이 장기화됐고

2021년 12월 동해남부선 복선화전철 개통 등으로 손님이 급감하자 2022년 5월 1일 시외버스정류장은 문을 닫았다. 쇠줄로 묶인 출입문 사이로 대합실 빈 의자가 썰렁했다. 주차장은 관광전세버스 몇 대가 주차돼 있다. 방어진도 시외버스를 타려고 줄을 섰던 그 때가 호시절 아니었던가 하는 생각이 들었다. 겨우 남은 것이 부산행 심야버스 3회 정도다. 이 마저도 언제 중단될지 알 수 없는 노릇이다.

부두 주차장에 차를 세웠다. 부두는 고기상자를 내리는 어선들로 분주했다. 주변 횟집들은 새벽에 들어온 싱싱한 횟감들이 수조마다 가득했다. 계절 횟감으로 6월에 잡아오는 가자미가 방어진 제철 음식이다. 가자미의 쫄깃한 식감이 식도락가들의 입맛을 돋우기 때문일까. 1980년대 현대자동차 근무할 때 동료들과 여기서 가자미 물회 한 사발 하고 텁텁한 입맛을 정리하러 다방으로 갔던 기억이 희미하다.

방어진 시외버스 정류장. 손님이 없어서 지난 2022년 5월 1일 문을 닫았다

방어진 디자인 거리는 수 년전 환경정비를 끝내서 몰라보게 깔끔하다. 번화가라고 해도 손색이 없을 것 같다. 아쉬운 것은 일본식 적산가옥 그대로의 풍경도 일부 살렸더라면….

옛날을 생각하며 노래 한곡을 떠올렸다. 우리 부모님들이 흥이 나면 불렀던 노래다.

항구의 일번지 부기우기 일번지/ 그라스를 채워다오 부기우기 아가씨/ 고동이 슬피 울면 이별이란다

저 달이 지기 전에 이 술이 깨기 전에/ 부기우기 부기우기 마도로스 부기우기(중략)

이철수 선생의 가사에 한복남 선생이 곡을 붙였고 백야성이 부른

오징어 채낚기 어선들이 정박해 있는 방어진 항구

「마도로스 부기」다. 한국전쟁을 겪으면서 현인이 부른 「선창」과 더불어 봉짝으로 대변되는 트로트 장르를 대표했던 노래들이다. 이 노래를 방어진 항 선창 주변 다방을 찾아다니면서 흥얼거리다니 감회가 새롭다. 40년 전 새파란 청춘이던 시절, 이 거리 어느 횟집에서 젓가락장단으로 신나게 불렀던 레퍼토리다.

항구와 다방. 그리고…

항구와 다방은 끊을 수 없는 관계다. 도심 다방들이 커피 전문점에 밀려서 대부분 문을 닫았는데 방어진 항 일대는 다방들이 여전히 많다. 뱃고동이 울어대는 선창 골목에는 다방들이 보석처럼 박혀있다. 다방을 찾아다니던 십 수 년 전과 단순하게 비할 바는 아니지만 방어진 토종 다방들이 다국적 커피메이커들의 끊임없는 침투에도 「단골·인맥」이라는 끈끈한 유대관계로 영역을 지키고 있다. 한달음이면 닿을 수 있는 울기등대 입구 이태리 풍 건물에 유명 커피전문점들이 수두룩하게 들어차 있는데도 끄떡없이 영업하고 있다.

지리적으로 방어진은 남목 고개를 중심으로 이쪽과 저쪽으로 나눈다. 이쪽을 방어진, 저쪽은 시내쪽이다. 남목고개 도로는 1972년 전하만에 현대조선소가 건설되면서 새로 만들어졌다. 말을 키웠다는 산골에 돌안아파트가 건설되면서 남목은 신흥 주거단지로 변모했다. 도로가 개설되었는데도 불구하고 시내쪽 사람들이 볼일 없이 이 고개를 넘어오고 가는 것은 드문 일이었다. 왜냐하면 울산이 공업도시가 되기 전 방어진은 고기를 잡던 한적한 어항에 불과했기 때문이다. 1972년 현대조선소가 들어서면서 대한민국 조선 산업의 메카로 우뚝 섰다. 젊은 사람들이 몰려오면서 방어진은 울산의 신생도시로 이름을 올렸다. 천지개벽, 상전벽해 이런 말이 어울리는 도시로 급성장했다.

1960년대 이전만 해도 시내 쪽은 울산읍이 있었고 방어진은 별도였다. 구체적으로 1936년 면단위였던 방어진이 읍으로 승격되었다. 1962년 울산시가 생기면서 방어진출장소가 설치되어 이에 속하게 되었다. 출장소는 1988년 동구로 승격하여 행정구역상 방어진읍은 방어동이 되었다.

방어진 디자인 거리

방어진 다방들은 새롭게 단장된 디자인 거리를 중심으로 있다. 이 길을 따라 다방지도를 완성하기까지는 몇 번을 다시 그려야 했다. 얼추 마무리가 됐다 싶으면 또 다방이 한 곳 빠졌다. 그래서 어설프게 그린 손 지도를 들고 골목을 걸으면서 보충하는 방식을 택했다. 그랬더니 그나마 제법 촘촘하게 다방들이 자리를 잡았다.

다방지도 시작점은 방어진시외버스정류장 맞은편 풍차다방이다. 두 번 째 다방은 어선들이 정박한 항구 주차장 들머리 맥다방, 그리고 옛 청구조선 앞 청구다방이다. 그러나 청구다방 이름표를 달아준 청구조선 터에는 2017년 골든베이비치라는 오피스텔이 들어섰다.

청색 작업복을 입고 다방을 들락거렸던 청구조선 근로자들의 모습이 선하다.

울산에 온 외지 사람들이 제일 먼저 놀라는 것이 작업복 차림으로 출퇴근하는 근로자들의 모습이었다. 출근시간 현대중공업 정문은 작업복을 입고 오토바이, 저전거를 탄 근로자들로 붐볐다. 울산은 작업복 입은 사람들이 대우받는 도시였다.

1980년대까지 방어진은 공동어시장 앞길에서 방어진 철공조선까지가 번화가였다. 방어진에 왔으니 다방을 챙겨보자. 디자인거리는 들머리에 40년 역사를 자랑하는 보물다방이 버티고 있다. 맞은편 2층에 내가 이야기하는 약속다방이 있었지만 2019년 말 문을 닫았다. 다방 마담들이 다방 장소로 부러워했던 곳이 약속다방이다. 유일하게 이 다방 창가에서만 배가 들고나는 항구를 볼 수 있었다. 다방은 폐업한 이후 술집으로, 지금은 중국식 음식점으로 바뀌었다.

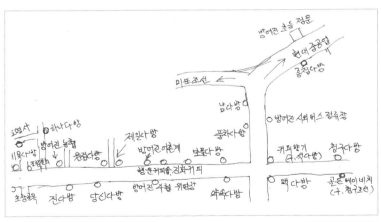

디자인 거리 다방들

　방어진 농협 옆 원점다방 마담은 약속다방이 없어진데 대해 "조망권이 좋은 곳은 다방을 해야 하는데 음식점은 뭐~" 심드렁하게 혼잣소리를 했다. 약속다방을 기점으로 디자인 거리를 걸으면 아직도 다방들이 많음에 놀라게 된다.

　방어진 어촌계사무실 옆은 커피와 함께 소주도 판다는 진화커피, 이어서 행운커피숍, 제일여관 2층 제일다방, 경남장여관 2층에는 10년 전 수다방이 원점다방으로 이름표를 바꿔달았다. 원점다방에서 냉커피를 한 잔 마셨다. 마담에게 이 다방역사를 물었다. 그녀는 동문서답으로 인수 받은 지가 2년이 채 안된다고 했다. 소문에 이 다방이 처음에는 방어진다방으로 개업했는데 주인이 바뀔 때마다 이름을 바꾸었고 자기도 원점에서 튤립으로 바꾸려고 이름을 지어놓고 아직 간판을 바꾸지는 않았다고 했다. 조만간 바뀔것도 같다. 나는 원점다방이 족보없는 튤립보다 백배천배 좋다면서 바꾸지 말 것을 몇 번이고 당부했다.

이 다방 창문으로 내다보니 건너편 1층에 여보당신을 떠올리는 당신다방이 있다. 참 별스런 다방 이름이다. "당신다방" 웃음이 났다. 이 다방도 얼추 40년 전통을 갖고 있다. 원점다방 옆에 방어진농협이 있고 농협 맞은편에 진다방이 있다. 여기서 과거 방파제 방향으로 가면 삼천포 초장집과 방어진 활어센터 입구와 만나는 사거리 건물 2층에 그 이름도 거룩한 비목다방이 있다. 무슨 사연이 있는 다방일까. 한명희 작사, 장일남 작곡의 비목을 생각하지 않을 수가 없다.

　초연이 쓸고 간 깊은 계곡/ 깊은 계곡 양지 녘에/ 비바람 긴 세월로 이름 모를이름 모를 비목이여/ 먼 고향 초동친구 두고 온 하늘가/ 그리워 마디마디 이끼되어 맺혔네

비목다방은 골목 마지막 다방이다. 다방 1층은 방앗간이 있고 서편

에는 포항물회집이, 또 그 옆에는 방어진발전위원회 사무실도 있다. 발전위원회 사무실 옆 골목을 따라 50미터 거리에 하나다방이 태고종 도명사 삼거리를 물고 있다. 하나다방은 디자인거리에서 벗어나 골목 안으로 숨어 있는 듯하다. 이런 골목 안 다방은 진작 문을 닫았을 법하지만 단골 덕택에 지금껏 살아남았다. 이렇게 챙겨보니 디자인거리보다는 방어진 다방거리라고 불러야 할 것 같다.

집으로 돌아오는 길에 풍차다방에서 전하동 방향으로 100미터거리에 남다방이 있음도 확인했다. 남다방은 최근 시외버스정류장이 문을 닫자 점포를 내놨다. 보증금 1천만 원에 월 50만원이다. 남다방에서 방어진초등학교 정문 바로 못 미쳐서 오른편에 종점다방이 있다. 사실 비목다방과 종점다방, 하나다방은 이번에 새로 찾아낸 다방이다. 방어진을 떠나면서 마지막으로 들러야 할 것 같은 다방이 종점다방이다.

"종점이라"

이 다방에서 커피 한 잔하고 나면 뭔가 밀린 숙제를 다 한 느낌이 들것이다. 왜냐하면 종점이기 때문이다. 울산의 땅 끝 마을 방어진을 다 둘러보았다는 의미를 담고 있다.

약속다방은

10년 전, 다방을 찾아다니던 시절, 울산에도 '약속다방'이 있을까, 궁금했다. 인터넷 검색결과 방어진시외버스정류장 근처에 약속다방

원점다방에서 냉커피를 한 잔 했다.

이 있음을 확인했다. '약속'은 다방 이름치고 최상급에 속한다. 다방
이 만남의 장소라면 누군가와는 다방에서 만나자고 약속을 했을 것
이다. 세상 어디에 이만한 다방 이름이 또 있을까. 흥분이 가라앉지
않았다. 마음이 달떠서 잠시도 지체할 수가 없었다. 1월 초순, 기온이
영하로 곤두박질쳤지만 방어진 약속다방으로 달려갔던 그 날의 기억
을 옮겨둔다.

　앞뒤 재보지 않고 혼자 달려온 방어진 약속다방, 일없이 다방에 들
어서기는 했는데 순간 서먹서먹했다. 아침이라 그런지 다방은 자리
가 거의 비어 있었다. 레지가 "어서 오세요, 손님 찾아왔어요?"하고
물었다. 대답 대신 항구가 보이는 창가 빈자리에 앉았다. 선창이 환
히 내려다보였다. 항구는 오징어 채낚기 어선들이 폭풍을 피해 서로
줄을 묶은 채 어깨동무를 하듯 정박해 있고 오징어채낚기 어선 전구
들이 바람에 흔들리면서 강렬한 햇빛에 반짝였다.

한동안 뜸이 들자 나이를 제법 먹은 레지가 와서 "커피 한 잔 하실래요"했다. 그냥 말없이 고개를 끄덕였다. 그녀는 커피 두 잔을 들고 왔다. 그리고 웃었다. 원래 다방이 이렇게 무엄하지는 않았는데…. 그녀의 사투리가 중국 연변이나 하얼빈 말투 같았다.

"아가씨 고향이 어딥니까" 그녀는 중국 하얼빈 어느 산골이라고 했다. 여기서 하얼빈이 어딘가? 산다는 기 장난 아님에 고향 물었던 것이 슬쩍 미안했다. 도심 다방들은 오전 11시가 돼야 문을 여는데 여기 다방들은 오전 8시에 서로 경쟁하듯 문을 연다. 그야말로 방어진 다방전성시대였다.

창밖으로 선원들이 배에 짐을 싣는 등 출항을 앞두고 바쁘게 움직였다. 한참을 관심 있게 지켜봤다. 출항준비를 끝낸 선원들이 한 명, 두 명 다방으로 들어왔다. 약속다방이 선창에서 제일 가까워서 다른

이필원의 노래 '약속'을 생각케 한다.(2012)

다방들보다 더 많은 선원들이 들어왔다.

　선원들이 몰려오자 레지는 마시던 커피 잔을 들고 잘 마셨다는 인사도 없이 일어나 가버렸다. 닭 쫓던 개 모양으로 레지의 뒷모습을 멀거니 바라보고 있었다. 레지는 어떤 중년의 뱃사람에게 다가가 "아빠, 배 언제 나가"하고 아는 체를 했다. "두 시간 후에" 남자가 단답형으로 말했다. 레지는 또 커피 두 잔을 들고 남자에게로 갔다. 기본이 커피 두 잔이다. 서로 말없이 창밖에 펼쳐진 바다를 바라보며 커피를 마셨다. 방어진항 다방들의 일상적인 풍경이다.

그 시절 추억을 더듬다

디자인 거리를 걷다가 별 생각 없이 이필원이 부른 '약속'을 입안으로 웅얼거렸다. 어느새 목소리가 커지면서 노래가 입 밖으로 탈출했다.

그 언젠가 만나자던/ 너와 나의 약속/ 약속 약속 너와 나의 약속/ 잊지 말고 살자하던 우리들의 약속

하늘처럼 푸르르게 살자하던 약속/ 약속 약속 너와 나의 약속/ 모든 슬픔 잊자 하던 우리들의 약속

이 노래는 매우 의미가 있다. 그 이유에 대해 노래수집가 주철환 PD는 이렇게 말했다.

「50년 전에도 음악동네엔 '약속'이 있었다. 통기타를 멘 청년의 이름은 이필원이다. 한국의 존 바에즈로 불렸던 박인희와 함께 '뚜아에 무아'(너와 나)라는 이름으로 '약속'(1970)을 불렀다. 노래 속에 4가지 약속이 등장한다. '그 언젠가 만나자던 너와 나의 약속' '잊지 말고 살자 하던 우리들의 약속' '하늘처럼 푸르게 살자 하던 약속' '모든 슬픔 잊자 하던 우리들의 약속'」

네 번의 약속, 우리는 살면서 이 약속 가운데 어떤 약속을 지켰고 또 어떤 약속을 못 지키고 살아가는지 의문을 가져본다. 생각할수록 의미심장하다.

십 년 전 약속다방을 취재하면서 이 노래가 담긴 LP판을 구하려고 한동안 무던히 노력했으나 실패했다. 부산 보수동 헌책방 골목 음반 판매점에까지 부탁을 해놓기도 했으나 워낙 귀해서 수집이 곤란하다는 말을 들었다. 강의하고 있던 대학 학생들이 나서서 꿩 대신 닭이라고 CD를 2매나 구해왔다.

7080시절은 약속다방이 지역마다 거의 있었다. 청자다방이 지역마다 있었던 것처럼, 부산만 해도 서면이나 해운대, 구포역 앞에도 약속다방이 있었다. 그래서 서면 약속다방, 해운대 약속다방, 구포 약속다방이라고 해야 정확했다.

방어진 약속다방이 지금도 있다면 마담부터 레지까지 냉커피를 한 잔씩 돌렸을 텐데….

방어진항 풍경

방어진 다방들 변화하다

방어진 다방들이 살아남기 위해 몸부림치고 있다. 그 중 하나가 배달을 주업으로 하지 않는다. 배달을 하려면 레지가 있어야 하는데 레지를 두려니 수입보다 지출이 많아 아이보다 배꼽이 크기 때문이다. 문 앞에 배달전문이라고 입간판을 세워놓은 다방이 거의 없다. 십 년 전과 단순 비교하면 엄청난 변화다. 자연히 문 앞에 배달용 오토바이도 없다. 배달이 주 수입원일 때 잘나가는 다방들은 배달용 오토바이가 3대나 있었고 심지어 작은 승용차를 배달용으로 배치, 속도전에 앞장서기도 했다. 그 때는 부두에 배를 댄 선원들의 전화 한 통에 오토바이를 타고 부리나케 달려갔다. 정박한 배까지 커피 배달이 가능

다방으로 오르는 계단

했고 출렁거리는 배에 황급히 오르다 커피를 쏟기도 했다.

근래는 다방 레지 구함이라는 전봇대 쪽지광고도 눈에 띄지 않는
다. 겨우 원점다방 입구에 여종업원 구함 벽보를 보았을 뿐이다. 다
방의 좋은 시절이 다 가고 있음이다. 방어진 다방들도 문을 닫아야
하는 도심다방들 꼴이 되는 것은 아닌가 하는 걱정이 들었다.

마무리

방어진은 과거 건물들이 제법 남아있다. 이런 건축문화유산을 잘
살리면 다방들과 함께 추억여행지로 손색이 없을 것 같다. 또 방어진
항 뱃고동 소리를 덤으로 추억여행을 해보는 것도 괜찮을 것 같다.
청춘시절 어느 봄날 연인과 울기등대를 찾아왔다가 점심을 먹자며
우연히 들렀던 방어진항 횟집과 손잡고 들어갔던 그 다방이 옛 모습
그대로 아직도 남아있을지….

이 거리는 옛 다방들이 과거 기억을 간직한 채 여전히 영업 중이다.
방어진 거리를 걷다가 아무 다방에라도 들러서 커피 한 잔을 마셔보
자. 마담도 한 잔, 나도 한 잔, 레지도 한 잔. 그냥 마담이 타주는 커피
3, 프리마 3, 설탕 3 즉 333커피가 아닌 봉다리 커피라도 분위기에
따라 그 맛이 다르다. 마담의 신파조 소리는 없을지라도 엉덩이가 쑥
들어가는 소파에 앉아 창밖으로 항구를 바라보는 것도 여기서만 맛
볼 수 있는 고상한 낭만이다.

이 거리는 울산 다방문화 특구로 지정하면 딱! 이다. 추억의 다방

에서 커피 한 잔을 마시면 누구나 시인이 되고 수필가가 될지도 모른다. 원점다방 냉커피는 한 잔에 5천원이다. 방어진항을 뒤로 하고 부두 주차장에서 차에 시동을 걸었다. 때를 맞춰 출항하는 어선의 뱃고동소리가 "잘 가라"는 듯 길게 여운을 남겼다.

내일 아침 만선의 기쁨으로 입항할 선원들의 흥분된 얼굴이 기대된다. 그렇게 되면 이 일대 다방들도 내일 아침은 덩달아 바빠질 것이 분명하다.

연안다방

울산 최초의 다방

　장생포 울산세관 통선장 맞은 편 골목 안에는 울산 최초 영업신고증을 발급받은 연안다방이 있다. 대부분 사람들은 울산 원도심 시계탑 사거리 동백꽃다방, 동아약국 맞은 편 신천지다방, 상업은행 앞 가로수다방들이 울산 다방 터줏대감인 줄 알았다. 2022년 여름 어느날 다방이야기를 하던 연안다방 사장님이 서랍에서 무엇을 찾는지 주섬주섬 서류를 뒤적이다가 "여기 있네"라면서 영업신고증을 내밀었다. 1968년 1월 15일 발급받은 영업신고증은 제1호였다. 울산근대문화유산에 관심이 있거나 연구하는 사람들에게는 매우 중요한 사건임이 분명하다. 나도 깜짝 놀랐다. 10년 넘게 울산지역 다방을 돌아다니면서 제1호 영업신고증은 연안다방에서 처음 봤기 때문이다.

장생포는

장생포 연안다방은 얼추 10년 만에 찾아갔다. 10년 전 그 때 그대로의 모습으로 남아있을까. 마담 할머니는 허리가 좀 더 굽었을까. 궁금증이 한꺼번에 파도처럼 몰려왔다. 장생포는 분명 울산인데도 자주 찾기는 쉽지 않은 곳이다. 수은주가 올여름 들어 최고 높다는 지난 7월 말 해거름 때 장생포로 향했다. 여천동 사거리에서 장생포 초등학교 방향으로 길을 잡았다.

한성냉동 창고를 개조해 2021년 6월 '장생포 문화 창고'가 문을 열면서 한산했던 이 길은 이용차량이 크게 늘었다. 문화 창고는 지상 7층으로 각종 문화예술 체험공간과 전시실, 창작 공간, 북 카페, 소극장, 울산공업센터 기공식 기념관, 미디어아트 전시관 등을 갖추고 있다.

지난해 6월 문을 연 장생포문화창고

이 길을 따라서 장생포 문화 창고, 장생포 초등학교, 울산해양경찰서 전용부두, 울산세관 통선장, 고래바다여행선 선착장이 바다 쪽으로 줄지어 있다. 고래박물관을 지나면 고래생태체험관, 고래문화마을, 윤수일의 노래 '환상의 섬'에 등장하는 죽도, 그리고 울산항 부두 입구를 만난다. 이 코스가 장생포 해안도로다.

울산항 제1부두입구에서 조금 전에 왔던 길을 따라 복습하듯 걸음을 옮겼다. 장생포는 고래박물관에서 우체국, 울산세관 통선장까지가 번화가다. 이곳에서 다방 간판을 한 두개는 볼 수 있을 것 같았는데 상가 열 곳 중 대 여섯 곳은 고래 고기 식당들이다. 고래문화특구가 아니라 고래 고기 문화특구라고 해야 하는 것 아닌가 싶다.

고래문화특구 장생포, 굴기하다

장생포는 1986년 포경금지 이후 깊은 잠에 빠졌다가 2008년 고래

장생포고래문화특구 상징탑

문화특구로 지정되면서 긴 잠에서 기지개를 켜고 있다.

고래박물관에는 고래 해체장 등 옛 고래잡이 문화가 복원돼 있다. 고래박물관에서 고래문화마을까지 모노레일이 설치돼 있다. 다양한 놀이시설들이 장생포의 새로운 문화관광 상품으로 자리 잡고 있다. 고래바다여행선은 고래를 근접해 볼 수 있어서 인기가 높다.

고래생태체험관은 다양한 바다 생태계를 학습관 형태로 꾸며 놓았다. 해무海霧가 짙은 장생포바다는 몽환 속의 풍경들이 저마다 생생하게 살아 있다. 윤수일의 노래「환상의 섬」노래비가 죽도에서 이곳으로 옮겨져 있다.

장생포 추억들

나는 1978년 5월 8일 현대차 울산공장에 첫 출근했다. 그 때 장생포 우체국에는 고향 친구가 근무하고 있었다. 휴일에도 마땅히 갈 곳 없던 나는 토요일 오후 5시 근무를 마치면 장생포 가는 시내버스를 탔다. 친구는 전보를 배달하기 위해 우체국 50cc 오토바이를 타고 시도 때도 없이 장생포 언덕배기집들을 돌았다. 한 번은 친구하고 밤중에 전보배달을 나갔다가 오토바이를 탄 채 장생포초등학교 앞 바다로 직행한 적도 있다. 바닷물에 온 몸을 배추 절이듯 했으니 참으로 아득한 시절의 이야기다.

친구와는 가끔 우체국 앞에서 줄 배를 타고 바다 건너 고사동 개펄에 가서 조개를 캐왔다. 숙소에서 조개를 안주삼아 소주 한 잔하던

장생포 옛거리

때가 까마득하다. 장생포는 해안선을 따라 마을이 형성돼 있다. 변하지 않은 것은 언덕배기에 납작 엎드린 집들이 바다를 향해 창문을 내고 듬성듬성 조개딱지처럼 붙어있다는 사실이다. 집들은 칠도 벗겨지고 녹이 슨 채 그대로다.

"이곳에 사람이 살고 있을까"

당연히 살고 있다. 낡아서 삭아버린 그것들이 추억을 들추는 좋은 꺼리가 되기야 한다마는 그 불편함을 숙명처럼 받아들인 채 장생포 사람들은 그냥 그렇게 살고 있다. 하도 낡은 집들이 많아서 장생포에서는 40년, 50년 됐다는 집은 명함도 내밀지 못한다.

고래잡이 시절, 20여척 포경선

장생포 바다는 천연 기념물 제126호로 지정된 '울산 귀신고래 회유해면'이다. 고래문화마을에 가면 개가 1만 원 권 지폐를 물고 있는

캐릭터가 있다. 포경선이 포구를 들고나던 시절 장생포는 돈이 흔했던 곳이다. 이 작은 포구가 부자마을이 된 것은 순전히 고래잡이 덕분이다.

장생포 고래 역사는 국보 제 285호 반구대 암각화부터 시작한다. 높이 3m, 너비 6.5m의 대형 바위 면에 다양한 선사시대 짐승들이 새겨져 있다. 그 바위에 새겨진 고래들은 귀중한 문서에 꾹 눌러 찍은 낙인과 같다. 제57차 IWC(국제포경위원회) 총회가 2005년 5월 27일부터 6월 24일까지 울산에서 개최된 것도 우연이 아니다.

장생포에서의 고래잡이는 대한민국 상업포경의 시작이다. 1899년 러시아 태평양 어업 주식회사가 대한제국으로부터 포경 허가권을 양도 받아 고래를 잡기 시작했고 장생포를 고래 해체장으로 처음 사용했다. 1970년대 말 고래잡이가 전성기였을 때 장생포는 20여 척의 포경선이 있었다. 1986년 국제포경위원회가 상업포경 금지를 선언한 뒤 고래를 잡던 작살, 고래를 삶았던 솥들은 장생포 고래역사의 유물이 되어 고래박물관으로 옮겨졌다. 장생포 내항 건너 고사동 옛 한진조선 터 고래 해체장도 슬레이트 지붕까지 복원해서 전시하고 있다.

연안다방 만세!

연안다방에는 김정숙 마담(이하 여사, 76)이 버티고 있다. 장생포 사랑방이 된 이 다방에 가면 장생포 돌아가는 소식을 손금 보듯 훤하게 알 수 있다. 기관장들이 장생포에 오면 먼저 들리는 곳이기도 하다.

김 여사님에게 장생포가 고향이냐고 물었다. 그녀는 말보다 먼저 고개를 흔들었다. 부산 초량 살다 철공소를 운영하는 아버지를 따라서 장생포에 올 때 나이가 6살이었다고 했다. "여기 와서 일주일 만에 6.25전쟁이 발발했고 어른들이 모여서 걱정하는 이야기들을 들었다"며 어린 나이에도 사회 분위기가 뒤숭숭했던 기억이 난다고 했다.

어째 물장사라는 쉽지 않은 다방 일을 하게 됐느냐니까 그는 다방 '다'자도 모르고 시작한 일이 까만 머리숱이 백발이 되도록 수 십 년 세월이 흘렀다고 했다. 화가로 활동하고 있는 유정웅 선생(79)이 어느 날 다방을 물려줄 테니 해보라고 해서 엉겁결에 시작한 일이 오늘에 이른다는 것이다.

"오래도록 이 자리를 지킬 것이라고는 생각지도 못했다. 조금하다

말겠지 했는데…."라며 웃었다. 그는 유 선생이 연안다방을 개업한 사람인지, 아니면 그도 인수받아 운영했는지 그 앞에 일어난 일에 대해서는 잘 모른다. 하지만 유 선생이 연안다방 창업 주인이라고 하면 얼추 맞을 것이라고 했다.

이 다방에는 포경선 등 유 선생 작품이 몇 점 걸려 있다. 유화작품인 포경선은 이 포구가 고향인 사람들에게 장생포의 추억을 되살리기에는 좋은 작품이다. 김 여사님은 다방 손님들이 유 선생 작품이 마음에 든다며 가끔 구입해가는 경우도 있다고 했다. 포경선 작품가격이 얼마냐고 물었더니 그는 유 선생 전화번호를 주었다.

김 여사님이 인수할 당시 연안다방은 해양경찰서 맞은 편 2층 건물에 있었다. 이사하기 전에는 2층 창가에서 내다보는 고사동 석유화학 야경이 너무 아름다웠다고 했다. 밤이면 창가에 자리를 잡고 앉아

연안다방 문을 연 유정웅 선생 작품 '장생포 항구'.

서 공해가 날아오는지 마는지 신경 쓰지 않고 화려한 공단불빛에 빠졌었다고 했다.

김 여사님은 진지한 표정으로 그 때 만약 시를 썼다면 유명시인이 되었을 것이라고 했다.

이 다방은 1993년 현재의 자리로 옮겨왔다. 당시는 이웃에 술도가가 있는 등 위치로 보면 장생포 중앙 통이었다. 여기서만 내일모레로 30년이다. 다방이 잘 될 때는 레지들도 3~4명 있었다고 했다. 레지 이야기가 나오자 김 여사님은 겸연쩍은지 실눈을 하고 소녀처럼 웃었다. 그 때가 그리울 수도 있겠다 싶어서 더는 묻지 않았다.

세월은 가고 나만 홀로 남아

세월은 모든 것을 가만두지 않는다. 연안다방 건물도 퇴락했다. 10년 전 보다 김 여사님 허리도 좀 더 앞으로 구부정해졌다. 찾아갔을 때 마침 다방에 손님이 있었다. 장생포에 있는 울산강남신협 정두하 이사장님이셨다. 그는 장생포 토박이로 장생포초등학교 김 여사님 후배였다. 정 이사장님은 김 여사님을 누님으로 호칭했다. 장생포 사람들은 모두 장생포 초등학교 선, 후배들이었다. 정이사장님에게 연안다방이 언제 개업했는지를 또 물었더니 그도 그것만큼은 애매모호하다고 했다. 다만 유정웅 선생이 김 여사님 앞 다방 주인인 것은 확실한데 유 선생 앞에 누가 또 주인이었는지는 알 수 없다고 했다.

연안다방 이외 장생포에 있었던 다방을 물었더니 대충 4~5개 정도

된다고 했다. 장생포 우체국 인근에 항도여관이 있었고 그 옆 신협 1층 목단박물관 자리에 민지찻집이 있었다. 찻집으로 간판을 붙였으나 사람들은 모두 민지다방으로 불렀다. 울산세관 통선장 앞에는 남해사람이 운영한 선미찻집, 왕고래집 맞은편 1층 동원다방, 연안다방 등이 성업했으나 현재는 연안다방만 남았다는 것이다.

복원된 장생포고래문화마을에는 다방이 있다. 이름이 미래다방인데 혹시 과거 장생포에 미래다방이 있었느냐고 물었다. 그는 "장생포옛 거리를 복원한다고 했으면 장생포에 있었던 다방 이름을 올려야 하는데 듣도 보도 못한 미래다방으로 한 것에 대해서는 생뚱맞다"고 정색을 했다. 김 여사님도 있었던 다방 이름 중에 하나를 골라 사용하던지, 아니면 연안다방이라고 하는 것이 의미가 있다고 거들었다.

연안다방에 왔으니 장생포초등 출신으로 1970년대 말 대한민국 고교야구 스타로 부산상고 에이스였던 윤학길 선수(62)에 대해 물었다. 정이사장님은 윤 선수 보다는 그의 아버지 고 윤기용 어른 이야기를 먼저 꺼냈다. 윤기용 어른은 포경선 5~6척, 무역선 5~6척을 소유한 장생포 최고 갑부였다. 그는 장생포사람들을 위한 일이라면 먼저 나섰고 돈을 아끼지 않았다고 했다. 고사동 탱크터미널 공사 때 공해문제가 불거지자 이 어른이 당시 집 몇 채 값인 거금 600만원의 사비로 장생포 사람들을 위해 환경오염 여부를 조사해 주었다고 했다. 장생포 사람들은 윤기용 어른 이야기만 나오면 입에 침이 마를 정도다. 그의 아들 윤 선수는 롯데자이언츠에 입단해 한국 프로야구

계를 풍미했다.

장생포는 「아파트」 「환상의 섬」 등을 불러 국민가수가 된 윤수일의 고향이다. 친구들은 그가 환상의 섬인 죽도까지 4~5백 미터를 헤엄쳐 오갔다는 이야기도 했다. 지금은 매립이 돼서 더 이상 섬이 아니다. 차량진입이 가능하고 죽도 꼭대기에는 울산항 관제센터가 설치돼 바닷길을 안내하고 있다. 죽도에 있던 「환상의 섬」 노래비는 장생포 고래 생태관 옆 바닷가에 옮겨져 있다.

연안다방

연안다방, 10년 전 기억

10년 전에 장생포에 왔었다. 그날의 스케치다.

이 곳 저 곳을 돌아다니다 울산세관통선장 맞은편 골목 안 연안다방을 찾아냈다. 한적한 도로를 따라 들어간 골목에 다방이 있다는 것은 이상한 일이었다. 도로변 건물도 아닌 이곳에 다방이 있다는 것은 이해할 수 없었다. 다방은 썰렁했다. 선풍기형 전기난로를 켜 놓고 다방주인인 마담 할머니가 세월을 낚고 있었다. 사장님으로 불렀다. 6살 때 아버지를 따라와서 평생을 사셨다. 그 바람에 장생포 백과사전으로 불린다. 연안다방을 시작한 때는 마흔 살 때 즈음이었다고 한다.

울산 세관 통선장이 인근에 있어서 다방이 잘 될 것 같다고 했더니 아니라고 했다. 젊은이들은 커피 점을 선호하고 나이든 사람들은 집 밖에 잘 나오지 않기 때문이다. 장생포는 고래관광특구로 지정됐지만 여전히 낡은 집들은 옛 추억을 간직한 채 잠을 자고 있다. 장생포에 살던 토박이들이 한 집 두 집 떠나면서 빈집이 많다.

왜 이런 한적한 곳에 다방을 차렸느냐고 물었다. 그는 해안도로가 생겨나기 전에는 여기가 장생포 번화가였다고 했다. 해안선을 따라

한때는 울산시내로 나가는 큰길. 파란기와지붕이 장생포양조장이다.

연결된 도로는 바다였고 다방 앞 도로가 시내로 나가는 유일한 통로였다. 이 도로를 따라가면 설탕생산으로 유명한 삼양사 앞이 나온다. 하루 종일 다방 앞 도로를 차들이 오가던 시절도 있었지만 바다가 매립되고 신도로가 생기면서 연안다방 앞 도로는 세월의 뒤안길로 묻히고 말았다.

고래잡이가 성황을 이루던 시절, 고래를 잡은 배가 항구로 접안 할 때 고래를 잡았다는 신호로 붉은 깃발을 뱃전에 높이 매달았다. 포경선 선주집이나 포수, 선원들 집에서는 모두 바닷가로 몰려나와 함성을 지르고 꽹과리를 쳤던 시절이 장생포의 르네상스였다.

연안다방 사장님과 이런 저런 흘러간 세월의 조각들을 주워 담다가 커피를 달라고 했다. 연안다방은 그냥 일회용 커피를 주지 않았다. 원두 커피를 내렸다. 손님에게 설탕과 프리머를 넣을지 말지를 물었다. 포구의 보기드문 수준이 있는 다방이다. 커피 맛도 시내 유명 카페 못지않다. 커피 한 잔에 단돈 2천원이다.

사장님은 장생포에 한 곳 남은 다방이 사라져서는 안 된다는 사명감 때문에 날이 새면 문을 열고 해가 지면 문을 닫는다. 연안다방 골목을 배경으로 사진을 찍는데 "뚜~우" 하는 뱃고동 소리가 귀청을 울렸다.

마무리

여사님은 10년 전 그 때도 초로의 할머니였다. 꼬박 10년의 세월이 흐른 얼굴에는 주름살이 몇 개 더 생겼고 좀 더 꼬부랑 할머니가 되었지만 여전히 연안다방 문을 열고 닫는다.

"연안다방이 울산 최초다방만 아니었어도 진작 문을 닫았을 텐데 …" 진심이 담긴 푸념이다. 기관이나 관계자들은 연안다방에 대해 별 관심도 없는데 김 여사님만 올인 하고 있는 것 같다. 사실 이런 분들이 진짜배기 순정파 울산사랑 지킴이다.

묻지도 않았는데

"살아있는 한 연안다방이 문을 닫는 일은 없을 것" 이라고 했다.

10년 전에는 한잔에 2천 원인 커피를 마셨다. 이번에는 이야기 들은 값으로라도 신협 이사장님과 여사님께 커피를 사겠다고 했더니 "그럴 필요 없다. 다음에 커피를 마시고 싶을 때 오라"고 하시며 끝내 커피를 내지 않았다. 다방에 갔다가 커피 값도 모르고 와버린 반 푼이 같은 사람이 됐다. 어느 날 문득 커피가 생각날 때 장생포 연안다방에 가서 추억의 커피를 마셔야겠다.

언제가 될지 모르지만 가을비가 내리는 날 찾아가면 좋을것 같다. 그 때도 분명 연안다방 문은 열려있을 것이라 믿으면서….

거성다방 외

울산 중구 성남동 상권이 볼품없이 쪼그라들었지만 1990년대만
해도 구시가지 원 도심 옥교동상권 상당부문을 점유한 울산중심 상
권이었다. 성남시장이 5일장으로 운영되던 30년 전, 성남동 5일장이
열리는 날은 경주 입실, 부산 기장 등지에서 농수산물이 몰려드는 울
산 최고 재래시장이었다.

규모로 단순 비교하기는 곤란해도 요즘 태화시장과 비교할 수 없
을 큰 시장이었다. 장날 새벽부터 난전 상인들이 좋은 터를 잡기위해
몰려들면서 여기저기서 시비가 붙기도 했지만 오전 9시를 넘길 즈음
각자 자리를 잡고 앉았다.

옥교동이 울산의 금은방과 음악다방 등이 밀집한 젊은이들의 공간
이었다면 성남동은 중년 이상이 즐겨 찾는 장터문화가 있었다. 남아
있는 과거 흔적들로 농기구판매점, 전기부품 판매점 등이 있다. 또

울산지역 학생들의 교복을 만들어주는 업소들이 모여 있는 곳으로
유명하다.

잘나가던 상권이 어느 날 갑자기 무너지고 말았다. 성남프라자를
건설하면서부터다. 이 일대 상권 중심인 성남시장을 헐고 그 자리에
복합 몰 형태의 성남프라자가 들어서면서 시장이 없으니 자동으로
난전 좌판이 사라졌고 첫차를 타고 오던 외지 농수산물유입이 사라
졌다.

울산 최초 신흥 상가로 관심을 모았지만 지역민들의 기대와는 달
리 아쉽게도 성남프라자는 성공하지 못했다. 남구지역이 공업탑을
중심으로 번성하던 것과 달동 삼산지구 상권이 개발되는 시기와 맞
물려지면서 구시가지 일대 상가가 몰락한 것이다. 우여곡절을 겪으
면서 성남프라자는 오늘에 이르고 있다. 거성다방은 성남동 어디쯤
에 있을까.

3층 상호를 가리고 거성다방만 남았다.

거성다방

거성다방은 성남프라자와 맞붙어 있는 주요간선도로 건물 2층에서 약 50년 세월을 버티며 울산 민초들의 삶과 함께 했다. 정확히 성남프라자와 성남공영주차장으로 들어가는 모서리 건물 2층이다. 거성다방이라는 선팅 글자가 희미해진 만큼 이 다방의 역사를 대충 점칠 수 있고 더불어서 다방경기가 예전 같지 않았음도 짐작할 수 있다.

지척거리에서 우성사진관을 운영하는 사장님은 처음 사진관 문을 열던 시절이 눈에 선하다고 했다. 자신도 거성다방과 한 세월을 이곳에서 보냈다고 했다. 거성다방 앞길은 하교시간이면 학생거리가 되면서 사진관도 성업했다고 한다.

그의 기억에 의하면 학생들을 상대한 교복업체들이 한 두 곳 생기더니 어느 날 성남동 시내버스 정류장을 중심으로 교복거리가 만들어졌다. 봄, 가을 학생들 소풍시즌에는 사진관도 훈풍이 부는 봄날이었다. 그때는 사진을 현상하려는 학생들로 문전성시를 이루었다. 지금은 이 모두가 과거의 소중한 추억이다. 우성사진관 사장님은 가끔 찾아오는 단골들을 만나는 즐거움으로 사진관 문을 열어놓고 있다.

사진관 사장님은 성남시장 장날이면 거성다방은 아침부터 밤까지 손님들로 북적였다고 했다. 레지도 늘 3~4명이 있었다고 하니 그만큼 장사가 잘됐음이다. 하지만 장사도 때가 있다. 커피 자판기 등장과 커피시장 변화로 기존 레지가 있던 다방들은 거의 대부분 추억 속에 문을 닫아야 했다.

또 성남시장이 사라지고 성남프라자라는 신흥 상가건물이 들어서면서 성남동 상권은 발전하기보다 도리어 급속히 쇠퇴해져갔다. 다방도 예외는 아니었다. 그때부터였을까. 이 다방도 마담 혼자 영업하고 있다.

거성다방 규모는 한눈에 다 둘러볼 수 없을 만큼 제법 큼직하다. 장날 한꺼번에 몰려오는 손님을 받으려면 작은 것보다는 큰 것이 좋았기 때문일 것이다.

사진관 사장님은 "70년대 중반에 이곳에 사진관을 개업했는데 먼저 거성다방이 영업하고 있었다."고 했다. 그렇게 보면 사진관보다 역사가 깊다는 이야기다. 울산지역에서 남은 다방을 찾아가보면 40~50년은 기본이다. 거성다방이 아직도 문을 열고 있다는 것은 성남재래시장을 찾았던 사람들에게는 소중한 추억이다.

거성다방은 메뉴가 다양하

거성다방 입간판이 우뚝하다. 사람들은 멀리서
이 간판을 보고 찾아온다.

다. 원하는 손님이 있으면 지금도 쌍화차나 목장우유를 내놓는다. 내가 다방을 찾아간 날은 늦장마가 기승을 부렸다. 냉커피 보다 따뜻한 커피를 선택했다.

에스프레소를 마시지 못할 바에야 아예 333 스타일로 제조를 해서 담아 놓은 봉다리 커피가 좋다. 연하게 타서 창가에 앉아 마시면 내리는 비와 더불어 제법 운치가 있다. 특히 비가 흠뻑 쏟아지는 오늘 같은 날은 커피가 어울린다.

커피는 좀 달달한 333 다방커피가 중년을 넘은 세대들의 입맛에는 안성맞춤이다.

다방에 왔으니 다방 커피의 진 맛은 마담과 세상사는 이야기를 나누며 마셔야 한다. 마담도 커피 한잔을 들고 와서 자리에 앉는다. 커피 값을 내준 사람과 짧은 시간이기는 해도 몇 마디 대화는 거들어준다.

이 다방을 언재부터 운영했느냐고 묻는 순간 저쪽 테이블에서 커피 두 잔을 주문한다. 마담은 "미안하다"면서 자리를 뜨고 나는 멍 때리고 커피를 마시는 수밖에 없다. 다시 마담이 와서 "아까 뭐라 했는지" 하고 물었다. 이미 김이 빠진 대화라서 웃고 말았다.

혼자 다방을 운영하기 때문에 이 정도는 각오해야 한다. 그래도 이렇게 한마디 하면 다방에 온 기분이 난다. 2009년 울산문인협회 사무국장 하던 시절, 이 다방에서 감사를 받았던 기억이 났다. 그때 문송산 회장은 60대 중반이었다. 지금은 다리가 아파서 걷는 일이 버겁

성남동 190번지 거리. 1980년대 이 골목은 홍등가 술집으로 절정을 누렸다

다고 하소연이다. 세월은 후딱 가버렸는데 그 시절 사람들만 남은 것 같다. 사무차장을 맡았던 조희양 아동문학가는 철새도서관에 근무하고 있다. 열심히 살았다는 결과물이다.

다방에 앉아 있으니 이 다방에 맺은 인연들이 주마등으로 스친다. 성남프라자가 준공되고 내가 아는 사람이 2개 층에다 입시학원을 차렸다. 각종 시설물 기준이 상가중심이라서 교육시설로 인허가를 받기 위해 고생하는 모습들이 떠올랐다. 또 성남동 시내버스 정류장 앞에 상호가 '수리 중'이라는 가게도 있었다. 그 가게는 결국 문을 닫았다. 왜 하필이면 상호가 '수리 중'이었을까. 영업을 한다고 문을 열어놓고 조명을 밝혀놓았는데도 아직도 수리 중 인줄 알고 다들 들어가지 않았던 것이다.

시내를 거쳐 집으로 가던 학생들은 대부분 성남동 버스정류장에서 내렸다. 이 길을 따라 성남동배수갑문 쪽으로 해서 전신전화국 앞 도로를 따라 시내를 한 바퀴 돌고 옥교동 버스 정류장에서 집으로 가는 버스를 탔다. 성남동배수갑문 길은 학생들을 상대하는 가게들이 많았다. 거성다방 창가에서 내려다보면 교복집 간판들이 한눈에 들어온다. 메이커 교복이 나오기 전에는 이곳에서 교복을 맞추었다.

거성다방은 입구에 화장실이 있어서 성남동을 배회하다가도 화장실이 급하면 다방에 들어가 커피를 마시지 않고도 살짝 볼 일을 볼 수 있는 귀한 장소였다.

거성다방 주변 다방들
가야다방과 새미다방, 그리고 은하다방

거성다방 주변에는 상권에 보답이라도 하듯 다방들이 제법 있었다. 과거 주택은행(현 국민은행) 뒷길 7번 국도를 따라서 성남프라자에 이르기까지 옥천뚝배기 2층 가야다방과 낙동강 환경운동본부가 입주해 있는 건물 지하 새미다방이 서로 어긋지게 마주보고 있다. 그중 가야다방은 2022년 초에 다올커피숍으로 간판을 바꾸었고 새미다방은 아예 폐업해버

옥천뚝배기 2층 가야다방

렸다. 이 골목에서 물을 퍼 올릴
또 한곳의 샘이 없어져 버린 것이
다. 다방이 문을 닫으면서 단골들
은 난감해졌다. 처음에는 길 잃은
노루처럼 어디로 가야할지 몰라서
전전긍긍했다. 여기저기 골목에
모여서 담배를 피우던 그들은 결
국 거성다방의 새 단골이 됐다.

은하다방 입간판

　새미다방 길은 옥교동에서 우
정동으로 향하는 일방통행 도로이
다. 십수년 전부터 애견 숍이 한곳, 두 곳 생기더니 어느새 애견숍 아
니 반려견 거리가 됐다. 올해 초 문화의 거리 연장선으로 국민은행에
서부터 우정동 삼거리까지 하수도시설 개수 등 도로를 정비하면서
구도심을 여유 있게 걸을 수 있는 길이 만들어졌다. 공사 후 이 길을
걷는 사람들이 늘고 있음은 썰렁한 거리에 온기를 불어넣는다. 도시
재생사업이 성과를 냈다는 것은 다행한 일이다.

　우정동 삼거리 주유소 앞에는 한글도시 중구를 알리는 조형물이
로터리 안에 세워져 있다. 조형물을 지나서 강변도로를 물고 철공소
들이 즐비하다. 철공소거리입구에 은하다방이 있다. 은하다방도 10
년 전 다방을 찾아다니던 때와는 분위기가 완전히 달라졌다. 페인트
대리점 지하인 것은 예나지금이나 분명한데 간판은 2층 꼭대기에 붙

새미다방

여놓았다. 잘 나가던 때는 주변 철공소들이 아침에 문을 열기가 바쁘게 처음 하는 일이 다방에 커피를 배달시키는 일이었다. 미니스커트를 입은 레지들이 쟁반에 커피를 담아들고 배달 다니던 시절 철공소들도 성남5일장과 더불어 봄날이었다.

울산 근방 농촌에서 농기구 수리하면 이곳에 와야 해결이 됐다. 없는 부품은 현장에서 기계가공으로 만들어줬다. 그 기다리던 시간은 은하다방에서 달달한 커피 한잔으로 보냈다.

"김양 커피 한잔"

"사장님도 차암! 커피는 혼자마시면 가슴에 털 나는 기라카데예"

그래서 인연이 만들어지던 다방은 현재 셔터를 내려놓은 상태다. 거성다방 주변 다방들은 이외에도 제법 많다. 그 시절은 성남장터 변두리 다방들도 장날뿐만 아니라 평일에도 꽤나 수입이 괜찮았다. 당연히 중심다방역할을 했던 거성다방은 말해 무엇하랴.

거성다방의 오늘

이 다방은 손님들이 제법 있다. 여태 돌아본 다방 가운데 가장 활기가 넘친다. 혼자 일하는 마담이 바쁘다. 한쪽 구석진 자리에는 중년의 신사들이 담소를 나누고 있다.

브랜드 커피점 못지않은 손님들이 있다. 마담의 표정이 환하다. 영업이 잘 된다는 신호인 것 같다.

성남시장이 재래시장으로 잘 나갈 때 사람들은 성남시장을 울산의 진시장이라고 불렀다. 부산진시장을 빗댄 말이다. 그만큼 혼수관련 품목들이 전문이었다. 혼수시장으로는 성남시장이 알아주었다. 그런 성남시장을 현대식 상가인 성남 프라자로 건축하는 바람에 지금은 죽도 밥도 아닌 꼴이 됐다.

주변 이야기들

최근 우성사진관에 들러서 휴대폰 앨범에 저장한 사진을 현상해 달라고 했다. 참으로 편리한 세상이다. 카메라에 필름을 넣어서 사진을 찍던 시절은 호랑이 담배 피우던 때다. 올림푸스 하프사이즈 카메라는 25장짜리 필름으로 50장을 찍을 수 있었다. 세상은 엄청 변했다. 사장님은 휴대폰에서 현상할 사진을 고르라고 했다.

한참을 사진 고르느라 정신
없이 컴퓨터 화면을 들여다보
면서 사진관사장님께 거성다
방이야기를 들었다. 거성다방
이야기에 흠뻑 빠져있을 때
울산예총 서진길 고문님이 들
어섰다. 때마침 잘됐다 싶어
서 봉다리 커피를 타놓고 거
성다방이야기를 끄집어냈다.
서고문님이 우섭 사진관과 인
연 맺은 지도 40년이 넘었다
고 했다. 그때는 사진관이 장

가야다방에서 간판이 바뀌고나니 낯설다(2022)

사가 잘 돼서 커피3, 프라머 3, 설탕 3 즉 333커피 대신 거성다방에
전화를 해서 레지가 배달해온 커피를 마셨다고 했다.

거성다방 A급 레지들은 별도로 단골들이 있어서 고정매출이 항상
가능했다. 레지들은 직업소개소와 계약을 하고 다방에서 2개월을 기
본으로 일했다. 2개월이 지나면 레지들은 다른 다방으로 옮겼다. 인
기 있는 레지는 단골들이 따라다녔다. 그 시절 DJ를 따라 다방을 옮
겨 다녔다는 이야기는 수없이 들어봤고 나 역시 그런 경험이 있다.
레지를 따라 다방을 옮겨 다녔다는 이야기는 그때 처음 들었다. 단골
들을 몰고 다니는 A급 레지들은 마담과 비슷하게 월급도 많이 받았

다. 레지 한 명이 하루 올리는 매출에 따라 월급이 결정됐던 시절이었다. 수완이 좋은 레지들은 마담으로 오라고 하는데도 가지 않고 레지로 일했다. 돈은 많이 벌고 책임질 일이 없는 레지가 딱! 이라는 것이었다.

또 다른 이야기 하나를 소개한다. 어떤 청춘은 보증금이 걸려있는 아가씨를 빼돌리려고 당시로서는 거금인 5백만 원의 보증금을 마련해 직업소개서로 찾아가서 결국 소원대로 아가씨를 자취방으로 데려왔다고 했다. 그러나 그 아가씨가 보름정도 지난 어느 날 퇴근해보니 탁자위에 「그간 고마웠다. 잊지 않겠다.」는 간단한 메모지를 써놓고 가버렸다는 것이었다. 그날 밤 사 홉들이 소주 한 병을 단숨에 비웠다는 것이다. 그는 그 피 같은 보증금을 갚느라고 근 2년을 고생했다고 했다.

지금 들으면 3류 소설 같은 이야기라고 치부할 수도 있다. 하지만 시퍼런 청춘이던 시절 마음에 드는 아가씨에게 미치고 나니 돈이고 뭐고 눈에 보이지 않더라고 했다. 이런 걸 두고 우리는 낭만적 순정파라 했다. 7080 시절에는 이정도 이바구야 아

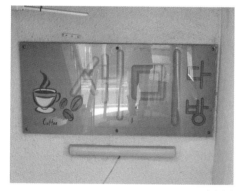

지하계단

무엇도 아니다. 요절복통할 웃지 못 할 이야기들이 다방을 중심으로 만들어졌던 낭만의 그 시절은 어디로 사라져간 것일까. 나이가 들면서 사람들은 추억 속에 산다. 간혹 만나는 반가운 얼굴이 있어서 그 재미로 산다고 했다.

어떤 사람은 "이제 그만하지"해도 그 말은 귀에 들어오지 않는다고 했다.

우성사진관도 간혹 사진을 현상하러 오는 손님들이 있어서 문을 열어놓고는 있지만 운영비에는 턱없이 부족하다고 했다. 그는 여태 문을 열었는데 닫자니 아쉬워서 사진관 건물 2층에 살면서 전화만 하면 바로 내려올 수 있도록 해놓고 있다.

거성다방 카운터. 수많은 사람들이 커피값을 내기위해 섰던 곳이다.(2012)

마무리

시내 다방들이 거의 사라지는 운명에서도 거성다방이 용케 살아남은 것은 주변 상인들과 토박이들이 꾸준하게 찾고 있기 때문이다. 또 무엇보다 마담의 친절하고 사근사근한 마음 씀씀이가 손님에게 부담을 주지 않는 것도 거성 다방을 찾는 이유다.

거성다방 주변에는 교복 집들만 있는 것처럼 보이지만 붓글씨를 가르치는 서실도 있고, 각종 농기구, 모터, 전기관련 업종, 특히 전등을 전문으로 판매하는 대리점들이 있다. 이들 점포들은 필요한 사람들만 찾아오기 때문에 위치에 큰 영향을 받지 않는 것 같다. 그들도 거성다방 손님으로 가끔 이 다방에서 커피를 마신다.

거성다방은 깔끔하고 분위기도 조용하다. 화장실이 밖에 있어서 암모니아 냄새도 없다. 하얀 새시 창 너머 거리 풍경이 볼 만 하다. 학생들이 하교하는 시간이 되니 성남동 시내버스 정류장이 갑자기 시끌벅적하다.

울산시내 다방이 모두 문을 닫지 않는 한 마지막까지 거성다방은 살아남을 것 같다. 끊이지 않고 손님이 있다는 것은 장사가 어느 정도 된다는 말이다. 50년을 넘었다는 이 다방이 앞으로도 오래 오래 추억다방으로 발전하길 희망해본다.

월평로 다방들

　울산 남구 신정시장 주변지형이 수 년 전부터 빠르게 변화하고 있다. 특히 신정시장 중심도로인 월평로 일대의 개발이 한창이다. 울산광역시청사 앞 중앙로, 뒷도로인 봉월로 등 여러 도로 가운데 월평로 일대의 개발이 속도를 내고 있다.

　울산시는 1962년 6월 시 승격이후 중구 중앙동 199번지 울산읍사무소를 시청사로 사용하다 남구 중앙로 현재 청사 자리로 옮겨온 것이 1969년 12월이다.

　당시 남구 신정동 일대는 소나무가 듬성듬성 자라고 있는 야산이거나 비탈 밭이 대부분이었으나 시청사 이전과 더불어 택지로 개발되면서 신흥주거지로 발전했다. 그리고 월평로를 물고 신정시장이 문을 열었다. 시장을 이용하는 사람들이 늘면서 이 일대가 상업권역으로 발전했다.

신정시장 칼국수 골목

시청 앞 중앙로가 개통 당시는 운행차량이 별로 없어서 어린이들이 공을 차고 놀 정도였다고 했고 시청사를 크게 지었다는 이유로 말썽이 많았다고 한다. 하지만 시청이 준공되면서 한적했던 신정시장 일대는 신흥 상권의 중심으로 발전했다.

시청 본관건물터에 울산세무서가 있었고 시청사 남서쪽에는 한국은행 울산지점 등 금융기관이 들어섰고 중앙로 일대는 울산우체국을 비롯해 다양한 금융기관들이 입주하면서 울산 금융가가 형성됐다. 시청사 주변발전은 울산도시발전역사에서 대변혁의 사건이었다. 허허벌판에 도시가 새로 만들어진 것이기 때문이다.

월평로 다방들 사라지다

2022년 들면서 시청사 앞 중앙로와 구 방송국 앞 봉월로, 월평로는 주상복합건물 공사가 한창이다. 공업탑 로터리를 중심으로 주상복합건물이 고층으로 들어서면서 우뚝했던 시청사 본관 건물이 상대적으로 작아 보인다.

　시청 주변 도심 지도를 바꾸고 있는 주상복합건물공사로 기존 도로변 상가건물들이 철거되는 바람에 그나마 명맥을 이어가고 있던 월평로 다방들도 대부분 사라졌다. 그 중 신정동 1336-7번지 기로다방(남구 봉월로 89)도 2022년 어느 봄날에 사라지고 말았다. 기로다방은 옆집인 등나무집(남구 신정동 580-6번지)과 함께 울산 사람들

의 기억에 자리 잡은 다방 가운데 한곳이었는데 이번에 사라진 것이다.

　이 다방은 지역 상인들은 물론이고 신정동 주변 유지급 인사들의 모임장소로도 한몫을 했다. 그래서 이 다방을 두고 신정동 사랑방이라 불렀다. 이 일대는 1990년대에도 다방들이 신정동 어느 도로변

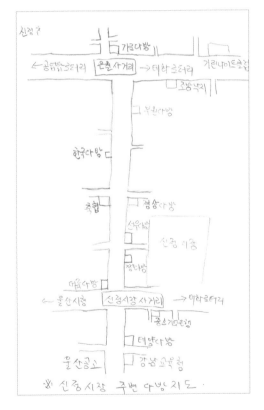

보다 많았다.

기로다방 앞 은월사거리에서 현 강남교육청을 지나 울산남구문화원에 이르는 월평로를 중심으로 20여 년 전까지만 해도 무려 20여 곳의 다방들이 있었다.

축협 앞 일대는 1990년 경상일보사가 둥지를 틀면서 1층에 경상다방이 있었고 중앙기사식당 옆 건물 2층에 한국다방이 있었다. 한국다방은 언제 문을 닫았는지 모를 만큼 때 묻은 간판만 매달은채 과거 다방자리였음을 알려주고 있다. 신정시장 칼국수 골목 부근에 짱다방 등 여러 다방들이 있었는데 짱다방만 살아남았다. 나머지 다방들은 우리들의 뇌리에서 까마득히 사라져버리고 말았다.

다방들은 사람들이 오고가는 길목 물 좋은데 둥지를 트는 것이 상식이다. 다방이 있다면 분명 사람들 이동이 많은 물 좋은 길목이라 해도 된다. 1980년대 이후 시내 상가 2층은 대부분 다방들이 차지했다.

봉월로를 물고 은월사거리길 목다방 역할을 했던 기로다방은 2022년 10월 초순 찾아갔을 때 터파기공사가 한창이었다. 수년 전 어느 날 사진이라도 찍어 두지 않았다면 간판조차 흔적 없이 사라질 뻔 했다.

봉월로에서 신정시장으로 접어드는 월평로는 1990년대 세차장이었던 양지요양원에서부터 시작한다. 이 길을 따라서 부원장 2층 부원다방, 건너편에 한국다방, 축협 앞 경상다방, 그리고 신정시장 칼국수 골목 입구 선우약국 2층 선우다방을 지나

2층에 한국다방이 있었다

면 겨우 숨만 쉬고 있는 짱다방이 있다. 신정시장 사거리는 시청방향에 대륙주유소, 그 2층에 대륙다방, 강남교육청이 울산교육청이었던 시절, 정문 서편에 태양다방이 있었다. 이외에도 다방들은 무수히 많았으나 이름이 가물가물하다.

기억 속에 남은 다방들, 열정의 시대를 살았던 사람들의 낭만이 고스란히 스며있는 다방들을 소개하고자 한다.

기로다방

먼저 은월로 사거리 기로다방을 쓴다. 이 다방은 위치가 좋다. 월평로에서 샛길을 이용해 옥동으로 나갈 수 있는 길목에 위치하고 있었다.

이 다방은 옆집인 등나무집에서 밥을 먹고 커피 한 잔 하려는 사람들이 주로 찾았다. 봉월로와 월평로를 물고 있는 신정시장 쪽 양지요양원에서 보면 은월로 골목 2층에 다방이 있다. 멀리서 봐도 다방 간판이 드러나 찾기가 수월하다. 그리고 다방 창가에 앉으면 멀리서 걸어오는 사람들의 모습을 확인할 수 있었다.

기로다방은 주변 상인들이 주요 단골이었다. 장사를 하다가 틈이 나면 다방에 와서 커피 한 잔으로 피로도 풀고 '누구누구가 어떻게 됐다더라' 하는 울산 돌아가는 소식을 접할 수 있었다. 시청이 가까워서 시청 소식을 듣는 데도 이 다방이 빠지지 않았다는 것이 그 시절 사람들의 말이다.

특히 옆에 등나무식당이 너무 유명해서 다방이 알려지는 데 한몫을 했다. 이 식당은 예약하지 않고는 밥을 먹기가 쉽지 않았던 때가 1980년대와 90년대다. 많이 알려진 식당이 옆에 있다는 것은 다방으로 참 좋은 일이다.

등나무식당도 마찬가지였다.

"기로다방 알제, 그 골목으로 들어와서 주차하고 오면 편하다"

이런 식이었다.

이 다방은 은월 사거리 일대 도로명의 중심에 있었다. 다방 뒷골목으로 들어서면 왼편으로는 신정초등학교 나가는 길이 있고 따라 바로 직진하면 은월봉 언저리를 따라 옥동으로 나가는 길과 연결됐다.

다방을 취재하면서 늘 궁금한 것이 언제 개업했으며 언제 문을 닫았을까 이다. 하지만 그 의문은 영원히 현재 진행형일 것이다. 대부분 다방들 공통점이 중간에 인수받

기로다방 (2022년 4월)

은 주인도 개업한 때를 알지 못한다. 기로다방 역시 개업일을 알 수 없다. 다만 건물 외장재를 보고 개업년대를 점칠 뿐이다. 이 다방 외벽이 1970년대 유행했던 타일이라는 점을 감안할 때 최소 50년은 됐을 것이라고 짐작한다.

기로다방이 없어졌다는 생각을 하면 무척 서운하다.

30년 전 경상일보 기자를 할 때였다. 회사 1층 경상다방보다는 약간 떨어진 기로다방을 자주 찾았다. 이유는 회사에서 약간 멀다는 이

유로 간부들이 이 다방에까지는 오지 않았다. 수습기자 시절 마음 편했던 다방이었다.

이 다방에서는 주로 원고지 쓰는 연습을 했다. 회사 간부들이 수습기자들에게 매일같이 메이저급 4대 신문 사설을 200자 원고지에 써서 오라고 과제를 주었다. 정말 하루하루가 정신없이 지나가던 그 시절에는 일과를 마치면 오후 8시가 됐다. 그때부터 인근 다방에 가서 과제를 했다.

그중 한곳이 기로다방이었다. 과제하느라 정신없을 때 다방 레지들은 "그렇게 어려운 기자생활을 나는 못하겠다."며 "쫄따구 기자들이 불쌍하다"며 담배 한 개비에 불을 붙여주었다.

추억의 신정동 다방생활은 3~4년여 만에 끝이 났다. 회사가 무거신복로터리 일대로 옮겨가버렸기 때문이다. 그 후 이 골목에 자주 올 기회는 드물었다. 가끔 월평로를 지나 은월로 골목으로 접어들면서 기로다방에 대한 생각을 떠올렸을 뿐이다.

경상다방

이 다방은 경상일보사 사옥 건물 1층 현재 새마을금고 자리에 있었다. 회사는 1층 다방만 빼고 5층 건물 전체를 사용했다. 2층은 판매, 광고국, 3층은 편집국 4층은 임원실 및 총무과, 논설실이 있었고 5층은 화랑으로 활용할 수 있는 강당이었다.

경상다방은 외부인을 만나는 공간으로는 매우 편리했다. 그러나

애송이 기자시절에는 이 다방을 이용하는 것이 불안했다. 언제 간부들이 들이 닥칠 지 알 수 없는 일이었다. 자칫 원고마감을 제대로 하지 않고 어정거리다가 붙잡히는 날에는 혼이 났다.

경상다방은 기자시절 정이 많이 들었던 다방이다. 다방 레지들과의 추억도 많다. 이 다방 레지들은 그냥 레지가 아니었다. 월급만 따로 받는다 뿐이지 경상일보 직원이라 해도 됐다. 취재 갔다 오면 누가 나를 찾아왔는지 소상히 챙겨주는 역할도 했으니 다방 레지가 동료 기자보다 나았다. 그래서 가끔은 신정시장 밥집에 가서 밥도 사주고 함께 술도 마셨다.

그렇게 서로 잘 지내다보면 수습시절 선배들한테 혼이 나서 쩔쩔맬 때 모르는 척 따뜻한 커피 한 잔을 건넸다. 그게 정이었다. 그 정을 갚는다고 추석이나 명절 때 작은 선물을 했던 기억이 난다.

경상다방은 언론사 사람들을 만나려는 외부인들이 수시로 찾아왔

왼쪽 새마을 금고건물이 경상일보 사옥이었다

다. 기사에 대한 불만으로 항의하러 오는 사람, 좋은 기사 칭찬하러 오는 사람 모두가 경상다방에서 커피 한 잔으로 해결했다.

짱다방

경상일보사가 신정동 시절을 끝내기 1년 전 쯤에 생긴 신출내기 다방이다. 새로 생긴 짱다방을 우리들은 신정시장 밥집에 오고가면서 시도 때도 없이 들락거렸다. 아무 일 없이도 갔고 혹시 신정시장에서 아는 사람을 만나면 커피 한 잔 하자며 일부러 이 다방으로 끌고 갔다.

한 번은 이런 일도 있었다. 신정시장에서 소머리국밥을 파는 국밥집 별명이 소불알 집이었다. 이 주인 할매 인심이 하도 좋아서 많은 사람들이 찾았다. 이 밥집에 가면 동료기자들이 있었다. 그렇게 조가 맞춰지면 짱다방으로 직행했다. 자주 들르다보니 선우약국 2층 선우

신정시장 짱다방

다방 레지들이 "오빠 정말 이러기야" 하고 대들었다. 이 다방이 생기기 전에는 선우다방을 아지트로 삼았는데 새로 다방이 생겼으니 레지들에 대한 궁금증도 있고 해서 철새처럼 옮겨오고 만 것에 대해 선우다방 레지들이 항의를 했던 것이다. 그 다음부터는 짱다방으로 갈 때 시장을 한 바퀴 돌아서갔다, 그러나 재수 옴 붙는 날도 있었다. 선우다방 레지들을 만나는 일이었다. 이럴 때는 죄지은 것도 없는데 슬슬 꽁무니를 뺐다. 당당한 기자 체면이 한없이 구겨졌지만 어쩔 도리가 없었다.

그 다방이 아직도 문을 열고 있다. 2022년 10월 찾았을 때 길에서 보니 불이 켜져 있었다. 반가웠다. 주인도 바뀌고 레지도 없지만 그래도 아직까지 영업을 하고 있다는 것은 손님이 있다는 증명이다. 커피 한 잔 생각이 났지만 도로에 불법 주차하는 바람에 발길을 돌렸다. 다음기회에 꼭.

대륙다방

신정시장 사거리 시청방향에 1990년대는 대륙주유소(현 바른치과)가 있었고 주유소 건물 2층에 대륙다방이 있었다. 역시 이 다방에 대한 추억 하나를 들추고자 한다.

1997년 12월 울산문인협회 회장 홍수진 시인이 작고했을 때다. 삼우제를 지내고 온 김수용 소설가가 봉월로 기린나이트 가는 길 조방낙지 집에 가서 저녁을 먹자고 했다. 문우 몇 명이 어울려서 갔다. 김

작가 주머니 사정을 아는 우리들이 밥값을 내고자 했으나 그는 어림 반 푼어치도 없었다.

거나하게 이것저것 음식을 시켰다. 그리고는 대륙다방 마담에게 전화를 걸었다. 현금 20만원하고 커피 다섯 잔을 조방낙지집으로 배달해 달라는 것이었다. 우리는 황당한 표정으로 서로 마주보며 앞으로의 전개상황을 지켜보았다. 이런 우리들을 보고 그는 능청스럽게 곧 커피가 배달될 것이라며 빨리 밥을 먹자고 했다. 아니나 다를까. 10여분 후에 레지가 현금 20만원과 함께 커피를 가져왔다.

그는 레지에게 커피 값으로 5만원을 줬다. 나머지 돈으로 밥값을 계산했다. 함께한 우리들은 누구도 아무 말을 하지 않았다. 김수용은 그런 낭만이 있는 작가였다. 안타깝게도 2012년 8월 10일 그는 타계했다.

당시 울산매일 기사 일부를 인용한다.

1952년 경북 의성에서 태어난 김 작가는 1985년 장편 〈청맹과니들의 노래〉로 '제5회 소설문학상'을 받고 문단 활동을 시작했다.

이후 장편 〈불매〉에서 철광산과 풀무 업에 종사하는 천민들의 세계를 배경으로 일제의 수탈을 새롭게 조명했는데, 이 소설은 이후 1986년 KBS방송 60주년 기념 1,000만원 고료 TV드라마 공모 입선작 〈그 일몰〉(3부작)의 원작으로 다시 한 번 수상의 영예를 안게 된다.(중략)

대륙다방을 떠올리면 그가 생각이 난다. 달변과 해학으로 세상 사람들의 아픔을 촌철살인 했던 그는 『쫄병전선』 등 많은 작품을 남겼다. 그의 흔적이 남아있던 대륙다방은 금융기관이 인수 재건축을 하면서 사라졌고 금융기관도 옮겨가면서 현재는 치과 등이 입주한 상가 건물로 변신했다.

태양다방

2012년 어느 날 태양다방 지하계단에서 '낮 12시부터 영업한다'는 메모를 보았다. 벌써 10년 전이다. 지난 9월 다시 갔을 때 다방은 이미 문을 닫았다. 태양다방은 내가 울산교육청을 출입하던 기자시절 아지트처럼 들락거렸다.

태양 다방을 떠올리면 '태양은 가득히'라는 영화가 떠오른다.

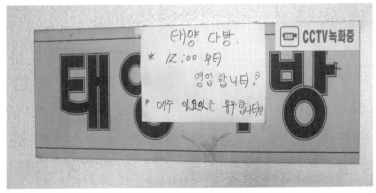

다방의 영업시간이 낮 12시부터다. 영업이 잘 안된다는 메모 같다.

1960년에 만들어진 르네 끌레망 감독의 프랑스 영화다. 미남스타 알랭드롱 주연으로 텔레비전 명화극장에 가끔 소개되는 바람에 알게 됐지만 오늘 태양다방 이미지와 겹쳐진다. 내가 이 다방을 드나들던 시절은 울산권역에 울산시교육청과 언양읍에 울주교육청이 있을 때다.

태양다방은 울산교육청 정문 월평로에서 신정시장 쪽 소방도로 건물 지하에 있었다. 울산시교육청이 경남도교육청 산하여서 초등학교와 중학교를 관장할 때 이 다방은 일선학교 관계자들의 쉼터였다. 태양다방 근방에 여러 다방들이 있었지만 이름이 가물가물하다. 세월은 이 다방들을 모두 추억이라는 이름으로 포장해 버렸다.

태양다방(2012년)

이 다방 기억으로는 미스 박으로 불린 레지가 있었다. 그녀는 보기 드문 또순이였다. 열심히 돈을 모은다는 소문이 돌더니 결국 남부경찰서 인근 다방 사장님이 됐다. 한번 놀러오라는데 결국 가지 못하고 말았다. 아마 그녀도 지금은 초로의 할머니가 돼 있을 것 같다.

태양다방은 문을 닫았지만 추억앨범처럼 많은 사람들의 기억 속에 남아 있다.

마무리

다방이야기는 할수록 재미있다. 근래에는 울산 다방이야기를 강의해달라는 단체도 있다. 기분 좋은 일이다. 다방은 그 시절을 살았던 사람들 누구에게나 추억창고이기 때문일 것이다.

월평로 다방들을 쓰면서 소개한 다방보다 소개하지 못한 다방들이 더 많다. 들먹인 다방들 이외 기억 속에서 잊힌 다방들의 이야기도 언젠가는 전설이 돼서 세상에 나올 것 같다. 월평로 다방들이여 안녕!

청자다방 미스 김

감독: 김정민
극본: 정은영
원작: 정은영의
『다방열전』

제작 : 울산문인극회 쫄병전선

기획의도

7080 세대들에게 다방은 어떤 의미였을까. 7080 청춘들이 평생을 보낸 직장에서 명퇴라는 미적지근한 이름으로, 또는 퇴직이라는 슬픈 이름으로 직장을 떠났다. 다방도 같은 운명이다. 커피전문점에 밀려서 슬금슬금 사막의 신기루처럼 사라져 버렸다.

그 시절, 돈 벌어서 동생들 공부시키기 위해 청자다방에 레지로 취직했던 미스 김, 그녀의 가슴 아린 삶을 통해 7080 청춘들의 시절을 추억해 보았다.

1970년대와 80년대는 공단도시 울산에서 돈을 벌기위해 전국에서 청춘들이 몰려들었다. 전국 사투리가 짬뽕이 된 도시 울산은 대한민국 성장동력이었다.

그들에게 다방은 무엇이었을까.

대한민국이 경제대국으로 굴기하던 시절, 문화와 예술, 청춘들의 사랑과 연애, 그리고 이별도 다방에서였다. 청자다방 미스 김을 통해 그 시대 청춘들의 이야기를 문인극으로 꾸몄다.

배경

1980년대 초반, 긴급조치 등으로 세상은 초긴장 분위기다. 매일 밤 아홉시 종합뉴스 보기가 겁이 날 정도였다. 하루도 바람 잘날 없는 일상이 혼돈의 연속이었다. 그러나 돈을 벌기위해 울산으로 몰려든 청춘들은 산업현장에서 열심히 일한다. 암울한 현실에 번민하면서도 희망의 미래를 그리며 하루하루를 산다.

(화면에 대학생들의 반정부 데모가 연일 계속되는 그림이 뜬다.)

퇴근하고 나면 마땅히 갈 곳 없는 청춘들은 포장마차 칸델라 불빛 아래서 잔술을 마시고 까치 담배를 사서 피우기도 했다. 휴일을 맞아 시내에 나와도 극장 아니면 다방 가는 것이 고작이던 시절, 휴일이면 청춘들은 밀물처럼 음악다방으로 몰려들었다.

- 자막처리 -

때

늦가을과 초겨울 사이, 화면에 낙엽 지는 아름다운 가을 풍경이 가득하다. 세상은 긴급조치가 발령돼 어수선하지만 발정기를 맞은 청춘들은 사회적 불안 속에서도 두 눈에 불을 켜고 짝을 찾기 위해 동분서주 한다.

이들은 자손을 번창시킨다는 위대한 사명감으로 짝을 찾아 휴일이면 어김없이 음악다방을 찾았고 또 그 다방에서 수시로 미팅을 하는 등 분주하다.

가끔 장발과 미니스커트 단속하는 경찰들의 호각소리가 들리고 세상은 쓸쓸함이 묻어나는 거리 풍경이다. (시계탑 사거리 낙엽을 몰고

가는 서늘한 가을풍경이 화면 가득하다)

청자다방 미스김

원작: 정은영의 다방열전, **대본**: 정은영 수필가

분량 : 30분 전후
연출(감독) : 정영숙 수필가
분장팀장 : 박정숙 수필가

출연

마담 : 오 마담(50대 초반으로 미모를 갖춘 여인, 다방 생활 20년이 넘는 베테랑이다)

레지 1 : 미스 김(시골에서 부모님 약값, 동생 학비 벌기위해 다방에 레지로 취직한 또순이다. 돈을 벌기위해 독하게 마음먹다가도 가끔 청춘이 흔들린다)

레지 2 : 미스 박(학교 공부가 싫어서 무작정 도시로 와서 산전수전 다 겪은 아가씨, 세상을 잘 믿지 않는다)

레지 3 : 미스 정(마음은 순수한, 그러나 당찬 아가씨다)

DJ 오빠 : 홍 피디(울산다방 DJ 업계에서는 알아주는 인기 스타다. 늘 아가씨들의 유혹을 받는다)

여자 손님 1 : 김숙자(청자 다방 단골, DJ 오빠에게 홀딱 반한 아가씨다)

여자 손님 2 : 손미숙(가끔 음악다방을 찾는 직장 아가씨)

여자 손님 3 : 박말남(조용필을 좋아하는 아가씨)

남자 손님 1 : 정창수(평범한 직장에 근무한다)

남자 손님 2 : 김만수(꿈이 많은 청춘이다)

형사 1(단역)

형사 2(단역)

총각 1 : 박동석(대기업에 근무하는 평범한 사원이다)

총각 2 : 김순석(대기업에 근무하는 평범한 사원이다)

총각 3 : 최홍만(대기업에 근무하는 평범한 사원이다)

총각 4 : 배덕수(대기업에 근무하는 평범한 사원이다)

아가씨 1 : 최방순(3교대 근무하는 영혼이 순수한 대기업 근무 아가씨다)

아가씨 2 : 임순남(3교대 근무하는 영혼이 순수한 대기업 근무 아가씨다)

아가씨 3 : 홍순년(3교대 근무하는 영혼이 순수한 대기업 근무 아가씨다)

아가씨 4 : 이말숙(3교대 근무하는 영혼이 순수한 대기업 근무 아가씨다)

제1막
1장

청자 다방
어느 휴일 오전,
M1 나훈아 노래 '찻집의 고독'이 흐른다.

그 다방에 들어설 때에 내 가슴은 뛰고 있었지 기다리는 그 순간만은 꿈 길처럼 감미로웠다 약속시간 흘러갔어도 그 사람은 보이지 않고 싸늘하게 식은 찻잔에 슬픔처럼 어리는 고독아 사랑이란 이렇게도 애가 타도록 괴로 운 것이라서 잊으려 해도 잊을 수 없어 가슴 조이며 기다려봐요 아 사랑이 란 이렇게도 애가 타도록 괴로운 것이라서 잊으려 해도 잊을 수 없어 가슴 조이며 기다려봐요

다방 홀 조명이 서서히 밝아지면서 카운터에 앉은 양장차림한 마담의 윤 곽이 드러난다. 뮤직 박스는 아직 비어있고 레지 3명이 홀 청소하느라 분주 하다.(레지들이 노래를 흥얼거리며 엉덩이로 씰룩씰룩 박자를 맞춘다)

노래가 끝날 무렵 청 조끼에 청바지를 입은 장발의 DJ가 출근한다. 그는 뮤직 박스에 들어가 먼저 담배 한 개비를 입에 문다. (그리고는 레지들에게 손을 들면서 윙크로 인사를 한다) 레지들도 이에 손을 흔들며 화답한다.

DJ가 라이터를 찾는데 눈에 보이지 않는다. 이를 지켜보던 레지 1이 자신

의 주머니에서 라이터를 끄집어내 갖다 준다. (레지가 피우던 담배 한 갑이 바닥에 떨어진다. 얼른 주워서 뒤로 감추지만 다들 이를 지켜보면서 웃는다.)

레지 1: (담배가 들킨 미안함을 감추려는 듯) 오빠 오늘은 더 멋지네예 (DJ를 무척 좋아해서 평소 뮤직 박스 청소를 독점하고 있음),

DJ 오빠: …(별 관심을 보이지 않는다. 그냥 듣는 둥 마는 둥 무덤덤하게 세무가죽수건으로 LP판을 닦는다)

레지 1: (못 들었는가 싶어서 더 큰소리로) 오빠 오늘은 헤어스타일이 멋지네 예

DJ 오빠: (그제야 씽긋 눈웃음으로 인사를 대신하면서 손을 번쩍 든다)

레지 2: (안됐다는 표정으로) 야! 니 혼자 지랄 떨지 말고 인자 그만 좀 해라. 아까 니 주머니에서 담배 떨어질 때 DJ오빠 깜짝 놀라는 표정 안 봤나.

레지 1: (대수롭지 않은 표정으로) 그기 무슨 상관이고, 백번 찍어 안

넘어가는 나무 봤나? 골키퍼 있다고 골 안들어가나, 안되면 천번 만번이라도 찍어 볼끼다. 나는 DJ오빠 없이 못산다.

(혼잣소리로) 담배 피우는 기 무슨 큰 흉이고. 남녀 평등세상 인데…. 옛날에 신여성들은 남자하고 같은 동급이라고 하면서 서서 소변을 봤다는 이야기도 못 들었나.

레지 3: 가시나 지랄하고 자빠졌네. 골대에 공 들어갔다고 골키퍼 바꾸는 거 봤나. 그라고 가시나야, 여자 술 처먹고 담배 피우는 거 좋아 하는 놈 잘 없다. 남의 여자는 술 처먹고 혼수상태 되는기 좋다카면서도 지 애인은 술 먹으모 안된다 카는기 사내새끼들 속성인기라. 아직도 그거를 모르나. 한심하다 이년 아

레지 2: (이들 둘의 대화를 듣고 있다가) 헛물켜지 마라. 저 오빠 좋아 하는 또라이 년들 한둘이 아니다. 그 년들 땜에 우리다방 매출이 올라가는 것도 모르나. 매일 문 열 때마다 직장 출근부 도장 찍듯 줄서서 오는 년들 안봤나. 뮤직 박스 앞자리 전세 낸 그년들이 너그들 보면 '다방 가스나 주제에' 하면서 콧방귀 낄끼다.

옛 말에 송충이는 솔잎을 묵어야 된다 카듯이 다방 가시나는 다방 가시나 답게 놀아야 하는기다.

레지 1 : (자신 만만한 표정으로) 그래도 나는 포기 못한다. 오늘 저녁
에는 우짜던지 결판을 내 볼끼다.(혼잣소리로) 누가 죽던지
해보자 이거지 머. 나 아까 요 앞에 여관도 잡아났는데⋯.(귀
엽게 살포시 웃는다)

레지 3: 미친년아 니 여관 잡은기 한 두 번이가. 고마 냉수 마시고 정
신 차리는 기 니 신상에 좋을끼다.

레지 2: (안타까운 표정으로)오죽 답답했으면 소크라테스가 너 자신을
알라했것나. 기집애야. 인자보니 니보고 한 소리같다. 월급
받아서 DJ오빠 밑에 뿌린 기 거름 같았으면 곡식이 풍년 들
어도 대풍년이 들었을 끼꾸만. (후유~ 안타까운지 혼자 한숨
을 쉰다)

레지 1: (관심 없다는 듯) DJ오빠가 오늘 밤에도 안된다 카모 내일 아
침 태화강 다리 밑에서 나를 찾아도 된다. 이판사판 공사판
이다. 이래 죽으나 저래 죽으나 매일반이다. 나는 지금 계백
장군하고 논개를 섞은 짬뽕 같은 맘이다.

레지 3: (혼자소리로 놀리듯 노래를 흥얼거린다) '안되는 줄 알면서 왜

지랄일까. 안되는 줄 알면서 왜 지랄일까.'

레지 1: (흥분해서) 와이라카노, 내가 미쳐서 죽는 꼴 참말로 보고 싶
나. DJ오빠는 말씨도 사근사근 서울 말씨 쓴다 아이가. (눈을
살포시 감고) 얼마나 멋찌노. '아는, 밥도, 자자' 하는 경상도
사내들보다 한수 위다 아이가.

레지 3: (기가차서 한소리를 더 보탠다) 월급 받아 꼬박꼬박 적금 들어
서 시골에 있는 공부잘한다카는 니 동생 대학 보내서 판검사
만들끼라 카는 가스나가 이 지랄 하고 있으니, 니 동생이 누
나 이런 꼴을 알면 고마 칵! 책 덮어 뿌고 읍내 철공소 취직
하고 말끼다. 참말로 앞길이 캄캄하다.

레지 2: (심각한 표정으로) 가스나야, 정신 좀 차려라, 지금은 미치고
환장할 것 같지만 지나고 나면 다 한때 꿈인기라, 꿈만큼 깨
고 나면 허무한기 없다 아이가. 부초 같은기 우리 인생 아이
가. 나도 이 다방에 온지 한 달이 다돼 가는데, 원래 두 달 계
약하고 왔거든, 다음 달에는 어느 다방으로 갈지…(말끝을
흐린다. 그리고 레지들이 같은 입장인 듯 모두 동정하는 표
정을 짓는다)

레지 1: (그제서야 다소 심각한 표정으로) 사실 나도 기간이 다 돼 가

는데 어디로 갈랑고 모르겠다.

저번에 H공장 정문 앞 문화다방에 있을 때는 노동절 날 기념 타올 나오는 거 얻어서 집에다 부쳐주고 H공장 경리과에 근무 한다 캤는데, 우리엄마도 그 공장 댕긴다고 좋아했다 아이가. 요새도 엄마는 그 수건 좋더라 카면서 이웃집 아지매도 하나 주구로 보내라고 하는데 고마 할 말이 없다.

(다들 레지 1의 고민에 분위기가 갑자기 시무룩해진다)

M2
(이런 레지들의 고민을 아는지 모르는지)DJ 오빠가 뮤직 박스 안을 대충 정리하고 최 헌의 '구름나그네'를 들려준다.

가다 말다 돌아서서 아쉬운 듯 바라본다
미련 없이 후회 없이 남자답게 길을 간다
눈물을 감추려고 하늘을 보니
정처 없는 구름나그네
어디로 가는 걸까 아무 말도 하지 않고
부는 바람 새소리에 고개 너머 님 찾으러
눈물을 감추려고 하늘을 보니 정처 없는 구름나그네
어디로 가는 걸까 아무 말도 하지 않고

부는 바람 새소리에 고개 너머 님 찾으러

(노래가 끝날 무렵)

(탁자위에 삐뚜름하게 놓인 재떨이와 성냥 곽을 바로 놓으며 레지들의 이 야기를 듣고 있던 마담이 끼어든다)

마담: 야! 이년들아, 청소 다했다는 기 이기 머꼬, 이년들 엉뚱한데 정 신 팔지 말고 영업 준비나 잘해라. 한 푼이라도 벌어서 니가 다 방 주인 되는 꿈이라도 꿀 일이지. 오르지 못할 나무는 쳐다보 지도 말거라. 우리 다방에 오는 단골 년들 옷 입은 거 봐라 그 정도 메이커 입고 다니는 집구석이면 너거 하고 비교 되겄나. 괜히 헛돈 쓰지 말고 돈 모아라, 어영부영 하다가는 내 꼬라지 된다. 이 년들아.

(지난 과거를 회상하듯 마담이 손으로 머릴 감싸 안는다. 그러더니 조금 시간이 흐른 후 레지들을 쳐다보고)

마담: 미친년들! 어제도 저년(레지 1)은 뮤직 박스 DJ오빠만 바라보느 라 정신 줄 놓는 바람에 엽차 잔을 두 개나 깨묵고…. 손님 바지 에 물을 쏟지 않나, 아이구 머리야, 오늘 엽차 잔 깨면 월급에서 두 배로 제할끼다. 알것제?.

(레지들 미안한 미소와 함께 배시시 허리를 꼬며 합창하듯) 예

마담: (싫지 않은 미소를 지으며) 미친년들 말은 잘한다. 오늘 매출 좀
     올리자, 문 열 시간이 다돼간다. 화장 고치고… (좀 뜸을 들이
     고) 잘해보자

(레지 모두 각오를 다지듯) 예!

다방 홀은 영업 준비를 끝낸 마담과 아가씨들이 한 번 더 손거울을 보며
입술에 루즈를 바르는 등 화장을 고친다. 뮤직 박스에 앉은 DJ 오빠도 헤드
폰 음향을 확인하고 담배를 피운다. 그리고는 손바닥에 침을 뱉더니 싹싹
비벼 장발의 머리를 5대5로 다듬는 등 나름 모습내기에 분주하다.(갑자기
뮤직 박스 안이 담배연기로 자욱하면서 DJ 오빠 얼굴이 안개 속에 흐릿해
진다)

2장

M3 조용필의 '돌아와요 부산항에'가 흐른다.

오전 10시 다방 문이 열리면서 영업이 시작됐다.
첫손님 역시 무릎 위 한참 올라간 미니스커트를 입은 아가씨들 대여섯명
이 문이 열리기를 기다렸다는 듯 우루루 몰려든다. 이들은 다방에 들어서
자마자 뮤직 박스 앞 탁자로 몰려간다. 이들이 DJ 오빠와 눈길이 마주치자 DJ

오빠는 기다렸다는 듯 조용필의 '돌아와요 부산항에' 후속곡으로 최병걸의 노래 '난 정말 몰랐었네'를 들려주면서 가볍게 이들과 눈인사를 한다.

영업개시 10여분 밖에 지나지 않았는데 벌써 탁자 절반이상이 손님으로 차버렸다. 레지들은 엽차 잔을 나르느라 정신없이 바쁘다.

여자 손님 1: (탁자위에 놓인 신청곡 메모를 급히 챙겨서 김인순이 부른 '여고시절'을 적는다. 그리고는 껌 한 개를 메모지에 싸서 쪽지와 함께 뮤직 박스에 밀어 넣는다. 약간 상기된 표정으로 자리로 돌아와서는 뮤직 박스를 애정 가득한 눈길로 바라본다)

DJ 오빠: (특유의 장발을 앞에서 뒤로 확 쓸면서) 오늘의 첫 곡은 김인순의 '여고시절'입니다. 노래가 나가기 전 이 노래 신청하신 분을 만나봅니다.

어디 계세요?. (앞쪽에 앉아있던 여자 손님 1이 손을 든다) 아! 바로 앞에 계셨군요. 올해 춘추가 어떻게 되세요. 그리고 안면 있는 얼굴입니다. 다방에 자주 오시죠? 오실 때마다 이 노래를 신청하시는데 그럴만한 이유가 있나요?

여자 손님 1: (부끄러운 듯 엽차를 홀짝거리면서) 아가씨 나이는 비밀이라서 밝힐 수 없고예. 별다른 이유라기보다는 여고시절 무지 좋아했던 총각 샘이 계셨는데 제가 졸업하고 결혼하자 캤더니 그만 이듬해 다른 학교로 전근 갔뿟어예. 그때 내 심정 알지예, 참말로 죽을라꼬도 했어예. 못살겠데예, 하지마는 지나고 보니 세월이 약이드라고예. 그라고 중요한 것은 DJ 오빠님이 우리 샘과 진짜 판박이로 닮았습니다. 그 바람에 이 다방 단골이 됐습니다.

그리고 저는 그 시절 기분으로 늘 밥 먹기 전에 물 마시듯 이 노래를 들어야 오늘 하루가 무사해집니다.

(DJ 오빠가 묻지도 않았는데 약간 통통한 몸매를 숨기듯) 나 여고시절은 많이 예뻤어예

(손님들이 함께 웃는 소리가 크게 들린다). (좌중을 돌아보며)진짬니더.

DJ 오빠: 아~ 예, 제가 총각 샘을 닮았다니 잘 생기신건 분명한 것 같습니다. 그런 알딸딸하고 슬픈 사연이 있는 노래인줄 몰랐습니다. 추억은 아름답다고 했습니다.

이 노래 함께 듣는 여러분들도 여고시절 한번쯤 누군가를 사랑했던 경험들이 있을 줄 압니다. 같이 노래들으면서 여고시절로 돌아가 추억 속에 몸을 적셔 보시기 바랍니다. (약간 느끼하게) 자! 김인순의 '여고시절' 띄웁니다.

여자 손님 2: (메모지에 손으로 가리고 백영규의 '잊지는 말아야지'를 적었다. 메모지에 곡명 외에 추신으로 '오늘 오후 6시에 DJ오빠야 시간이 있습니까'라고 적었다. 메모지를 전달 하고는 자리로 돌아와서 시치미를 뚝 때고 앉았다)

DJ 오빠: 오늘 손님들께서는 가을 분위기에 맞는 노래를 아침부터 많 이 신청해 주시네요.(담배 한 개비를 입에 물더니 라이터로 불을 붙인다. 담배 피우는 모습을 본 팬들이 환호성을 지른 다) 우~ 오빠 멋쩌예. (여기저기 담배를 입에 무는 청춘들이 보인다)

DJ 오빠: 다음 곡은 백영규의 '잊지는 말아야지'입니다. 이 분 역시 사 연이 있을 것 같습니다. 노래 신청하신 분 어디 계세요?
(뮤직 박스 앞자리에 있던 여자 손님 2가 손을 든다)
어떤 사연이 있을까요. 실례가 안된다면 그 사연을 듣고 싶 습니다.

여자 손님 2: 저도 사실은 죽고는 못 살 만큼 좋아한 남친이 있었는데 그만 지난봄 개나리가 피었을 무렵인가 그때 논산 훈련 소에 입대해 버렸어예.
훈련소에 가기 전에 같이 한번 자자 카데예, 바로 그러자

소리를 하고 싶었는데 그래도 여잔데 싶어서 좀 뺐습니다. 내가 오늘 말고 나중에 면회 갔을 때 자자 캤더니 고마 시무룩 하데예. 그래도 그날은 여관에 안갔어예.

그런데 말입니더, 문디 자슥이 헤어지면서 자대 배치되면 연락할게 카더마는 지금까지 연락이 없어예.

하모 편지가 올랑가 눈이 빠지게 기다렸지만 종 무소식입니더. 아마 부대 앞 다방에 이쁜 년들이 많다 카던데 그년들 한테 한눈 팔고 있을 낍니더.

그런 생각이 든께 저도 인자 그 놈이 밉네예. 눈 딱 감고 고무신 꺼꾸로 신끼로 작정했습니다. 그래서 이 노래를 신청했고예, 이 노래 듣고 빨리 훌훌 털고 새출발 할랍니더. DJ 오빠님이 내 맘 알랑가 모르겠심더.

(메모지를 다 읽은 DJ 오빠가 얼굴에 웃음을 띤다. 슬며시 오늘저녁 시간 있다는 표정을 지으며 손가락으로 오케이 사인을 보내며 웃는다)

DJ 오빠: 아하! 알겠습니다. 요즘 고무신 거꾸로 신는 것이 유행이랍니다. 유행을 따르는 것도 시대의 대세라고 생각하면서 백영규의 '잊지는 말아야지' 들려드립니다.

DJ 오빠: (나레이션으로)

저는 이 노래를 들을 때마다 가을 추수가 끝난 텅빈 벌판 같은 느낌을 받습니다. 제 가슴 한복판을 알싸한 바람이 대나무 빗자루로 쓸고 지나가는 듯 하지요.

여러분! 가을은 누구나 시인이 될 수 있는 계절입니다. 우수수 지는 단풍잎 따라 우리들의 사랑도 그렇게 고운 물이 들었으면 합니다. 이 노래 신청하신 분께 진심으로 감사드립니다.

그리고 겨울이 오기 전에 저처럼 멋진 남친 만나시길 세상의 모든 신께 기도드립니다.

여자 손님 2: (DJ 오빠가 묻지도 않았는데) 댕큐입니다. 남친이 생기도록 기도해 주신다니 저도 DJ 오빠님의 앞날에도 무궁한 영광이 있기를 기도 하겠습니다.

DJ 오빠: 예 예, 함께 기도드리도록 하겠습니다.
　(그때 남자 손님 1이 뮤직 박스에 노래신청 쪽지를 밀어넣는다.)

DJ 오빠: (홀 안을 바라보며)예, 이번에는 남자 손님께서 노래를 신청하셨습니다.
DJ 오빠: 아하, 둘 다섯의 '긴머리 소녀'를 신청하셨군요. 요즘 이 노래가 뜨고 있습니다. 아름다운 소녀의 긴 머리가 바람에 날리는 그림이 떠오릅니다.

남자 손님 1: (DJ 오빠를 바라보며 큰 목소리로) 저도 사연이 있는데
예. 들어볼랍니꺼. 말할까예.

DJ 오빠; 예, 무슨 사연인지 말씀해 보세요. 손님 여러분 또 한명의 아
릿한 사연을 들도록 하겠습니다. 경청해 주시길 바랍니다.

남자 손님 1: 사실 짝사랑 하는 여자가 있는데 매력적인 긴머리가 찰
랑대는 아가씹니다. 제가 첫눈에 반해서 아무리 들이대
도 제 맘을 받아주지 않으니 애가 탈뿐입니다. 어제 저녁
에도 이 다방에서 만나 카니 왔데예. 반갑게 손을 잡았더
니 처음에는 가만 있데예. 그래서 다음 진도로 바로 나갔
지예. 모르는척 하면서 어깨를 안으려고 했는데 그 아가
씨가 뿌리치더니 저보고 그냥 오빠만 하자고 합니다.
저는 사실 오빠는 하기 싫습니다. 우리 여동생들도 둘이
나 있는데 오빠 소리는 매일 듣습니다. 이 아가씨를 꼬셔
서 결혼도 하고 애도 낳아야 하는데…(손님들이 웃는다)
웃지 마이소, 저는 심각합니더.(손님들 웃음소리가 일순
간 끊어진다)
우짜든지 노력해 볼낍니더. 걱정하지 마이소. 올 겨울에

는 옆구리가 뜨뜻해지도록 하겠습니다. 일이 잘되면 DJ 님께 청첩장도 보내드릴 꺼구만요.

DJ 오빠: (함박웃음을 지으며) 예 예, 꼭 성공하시길 빌겠습니다. 손님이 말씀하시는 그 아가씨가 빨리 마음을 돌리셔야 될낀데 제가 더 걱정입니다.
그럼 둘 다섯의 노래 '긴머리 소녀'를 띄웁니다.

3장

실내는 이미 빈자리가 없다. 다음 노래를 신청 받으려고 할 때였다. 갑자기 다방 문이 억세게 확 열렸다.

동시에 가죽점퍼를 입은 사복형사 2명이 들이 닥쳤다. 다방으로 숨어든 운동권 청년들을 찾아내기 위해서다. 꿩 잡는 매의 눈빛으로 날카롭게 손님들을 둘러본다. 뮤직 박스쪽으로 가더니 DJ 오빠가 신분증 제시를 요구 받았다.

DJ 오빠는 얼굴에 긴장감이 역력하다. 형사들은 홀 가운데 서서 이리저리 손님들을 훑어보다 나간다. 한동안 홀은 긴장감이 흐른다. 노래 신청하는 손님도 없다.
어수선한 분위기를 깨듯 DJ가 마이크를 들었다.

DJ 오빠: 손님 여러분 오늘 걱정은 끝났습니다. 늘 언제 들이닥칠지 늘 걱정하고 있는데 한번 왔다 가면 잘 안옵니다. 저분들이 하루에 두 번 세 번 오지는 않습니다. 저들도 직업이니까 할 수 없것지예. 다 먹고사는기 원습니다. 나는 판 돌려서 먹고 살고, 손님 여러분들은 각자 직장에서 열심히 일해 먹고 삽니다. 사는 것은 똑 같습니다. 이런 것 저런 것 모두 직업이라 생각하고 빨리 잊읍시다.

꿀꿀한 마음을 털어버리기 위해 노래 한곡 띄웁니다.

산울림의 노래 '찻잔'입니다. 함께 불러도 좋습니다.

너무 진하지 않은 향기를 담고 진한 갈색 탁자에 다소곳이말을 건네기도 어색하게 너는 너무도 조용히 지키고 있구나너를 만지면 손끝이 따뜻해온 몸에 너에 열기가 퍼져 소리 없는 정이 내게로 흐른다 너무 진하지 않은 향기를 담고 진한 갈색 탁자에 다소곳이말을 건네기도 어색하게 너는 너무도 조용히 지키고 있구나너를 만지면 손끝이 따뜻해온몸에 너에 열기가 퍼져 소리 없는 정이 내게로 흐른다

조금 전의 얼어붙은 분위기와는 달리 갑자기 다방 안이 훈훈해진다. 모두 노래를 따라 부르며 희망의 미래를 그려본다. 레지들이 탁자사이를 분주히 다니면서 안쪽 탁자 손님들의 노래 신청도 받고 속 타는 청춘들을 달래기 위해 엽차 잔을 수없이 배달한다.

(이 노래가 끝나자 이번에는 카운터에 있던 손님들을 향해 일어섰다)

마담: (조금 전 긴장된 표정에서 벗어나 다소곳하게) 손님 여러분! 가
끔 있는 일에 너무 신경 쓰지 마세요. 일상이라고 생각하시
길 바랍니다.(늘 있는 일이라고 애써 강조하면서도 혹시 손
님 중에 누군가 붙잡혀갔으면 어쩔거나 하는 걱정스런 표정
이다)

레지 1: (이때였다. DJ 오빠를 향해) 오빠! 분위기도 바꿀 겸해서 내가
노래한곡 때릴까예.(손님들이 여기저기서 노래를 청하는 박
수를 친다)

레지 2: (작은 목소리로) 니 돼지 목 따는 소리하지 말고 노래 잘 해라
이.

(구석구석에서 노래를 청하는 박수소리가 또 한 번 요란하다.)

레지 3: 가시나 저거 차라리 가수하면 잘 할끼다. 목 꺾는 것 하나는
기가 찬 데이.
뽕짝 스타일은 기성가수 뺨 친다 아이가.

레지 1: 머로 부르꼬예, 신청곡 받습니다.(다방 안을 빙 둘러본다. 한

쪽 구석에서 한 청년이 손을 든다) 예, 말씀하이소,

남자손님 1: (의자에 몸을 맡긴 채) 이용복의 진달래 먹고 물장구 치고
　　　　　그 노래 불러보소

레지 1: 제목이 이용복의 '어린시절'이네예, 좋습니더 한번 가보입시
　　　더, 아시는 분 같이 부릅시더

　진달래 먹고 물장구 치고 다람쥐 쫓던 어린 시절에 눈사람처럼 커지고 싶
던 그 마음 내 마음 아름다운 시절은 꽃잎처럼 흩어져 다시 올 수 없지만 잊
을 수는 없어라 꿈이었다고 가버렸다고 안개속이라 해도 (중략)

　생음악 쇼가 벌어졌다. 다방 안이 순간 고고클럽으로 바뀐 듯 일어나서
엉덩이를 비비는 청춘들이 여기저기 있다.

　(7080 청춘들은 그 시절 작은 배려 하나에도 이렇게 가슴을 열었다. 이럴
때는 처음 보는 사람들끼리도 친구가 됐다. 엽차 잔이 자빠지면서 바닥 곳
곳에 물이 흥건하다. 레지들이 걸레를 가져다 닦아보지만 이미 흥이 난 청
춘들은 아랑곳 하지 않고 고고리듬으로 흔들어댄다.)

남자 손님 2: (갑자기 일어나더니 못 참겠다는 듯 옆 자리 여자 손님 3
　　　　　의 손목을 잡아당겼다) 아가씨 부르스 한번 추입시더.

여자 손님 3: (기절할 듯 고함을 치며) 손 나이소 고마. 미친나, 와이라

칸니꺼. 경찰 불러비까.(경찰 부른다는 한마디에 갑자기 노래가 중단된다)

남자손님 2; (머쓱해져서) 미안합니더. 우리 청춘들끼리 한바탕 놀아도 좋다 싶어서 실수를 했심더. 용서하이소.

여자 손님 3: 알겠심더, 앞으로는 그라지 마이소, 씨발~, (연거푸 작은 목소리로) 씨발! 손모가지 뿔라지는 줄 알았다 아이가. (분이 안 풀렸는지 옆 친구에게) 씨발 새끼! 다음에 또 손목 잡으모 칵 물어 삐끼다. 얼굴도 못생긴게 감히 어디라꼬, 이뿐 거는 알아가지고.(주변 손님들이 얼굴을 숙이고 키득키득 웃는다) (더 화가 나는지 버럭 소리를 지른다)남은 성질 나는데 와 웃능기요!

암전

제2막
1장

DJ 오빠가 두 시간 근무를 끝내고 나갔는데도 손님들은 여전하다. 그 때 갑자기 구석진 곳에 있는 단체 테이블이 시끌벅적 하다.

M 3

레지 1이 텅빈 뮤직 박스에 들어가더니 김세화의 노래 '눈물로 쓴 편지'를 턴테이블에 올린다.

단체석은 미팅 중이다. 남녀 비율 4대 4, 총각들은 H공장, 아가씨들은 D공장에서 왔다. 사내 독서대학에 다니다 교류하면서 미팅까지 하게 됐다.

총각 1: 제가 오늘 미팅을 주선했습니다. 특히 잘생긴 남자를 구하기 위해 먼 길 왕림해주신 천하미인 여러분! 고맙습니다.

(모두들 힐끔힐끔 상대를 쳐다보면서 엽차를 마신다)

총각 1: (좌중을 둘러보며) 자! 자! 여러분 어느정도 정신들 차렸으면 먼저 파트너를 정하는 방법에 대해 말씀해 주시기 바랍니다. 어떤 방법이 좋겠습니까. 제일 좋은 방법은 마음에 드는 상대방 옆구리 쿡! 갈비뼈 뿔라지도록 쑤시는 방법도 있습니다만…, 아! 물론 농담입니다. 흐흐흐

총각 2: (눈치를 보다가) 복잡하게 하지말고 간단하게 사다리 타기 합시더. 복지복걸 아입니껴(남녀 참석자들이 키득키득 입을 가리고 웃는다.)

아가씨 1: 그거 보다는 사랑의 작대기라꼬 알지예, 눈 감고 하나, 둘, 셋 하면 마음에 드는 사람을 손가락으로 가리키는 것은 어때예. 나는 마 들어올 때부터 이미 한사람 찍어 났는데예.

(총각들 뜨악한 표정으로 그녀를 쳐다본다)

아가씨 2: 가시나 니는 아무따나 씨부리지 마라. 니는 맨날 사랑의 꽃을 대 밖에 모르나, 꽂을 대는 군인들이 총구멍을 청소한다고 후빌 때 쓰는 기라 카더마는…, (낮은 소리로) 문디 가스나, 아무대나 꽂는 거는 무지 좋아한데이

아가씨 1: 조용히 해라, 가스나야. 나도 니 흉 좀 보까. 니도 여기 오는 거에 대해 낮에 머라캤노, 딱 맘에 드는 놈 있으면 바로 레슬링 그레꼬로망으로 조지삐끼다고 하더니 갑자기 얌전빼기는…

아가씨 2: (못 들은 척하며 좀 급한 듯) 사회자 하자는 대로 빨리 하입시더, 아까운 시간만 간다 아입니꺼. 고마 사회자님이 결정하이소예, 일분 일초가 바뿌그마는~~.

총각 1: 그라모 제 방식대로 진행합니데이. (미소를 머금은 채) 불만 없지예. 어제 밤부터 고민 고민 했는데 총각들 소지품을 하

나씩 내놓고 아가씨들이 고르게 하는 방법인데 우뜻습니까.
선택은 아가씨들 몫 아입니꺼

(일동 한 목소리로) 좋습니다.

총각 1: 그라모 아가씨들은 잠시 뒤돌아 앉아 주십시오.
　(아가씨들이 키득 거리면서 뒤돌아 앉는다. 그 사이에 총각들이 각자 소지품을 하나씩 내놓았다. 총각 1만년필, 총각 2 라이터. 총각 3 손수건, 총각 4 빗을 내놨다.)

총각 1: 자! 아가씨들은 원위치 해 주십시오. 지금부터 아가씨들끼리
　　　　가위 바위 보를 해서 우선 선택권을 주도록 하겠습니다. 모
　　　　두 준비 됐나요, 가위, 바위, 보! (아가씨 3이 첫 번째, 2가 두
　　　　번째, 4가 3번째, 3이 4번째가 됐다.)

　　　　자! 첫 번째 아가씨 골라 보십시오. (말이 떨어지자마자 아가씨
　　　　3은 총각 1 만년필을 잡았다. 2는 총각 3 손수건, 4는 총각 2 라이
　　　　터, 3은 총각 4의 빗을 잡았다.)

총각 1: (그렇게 우여곡절 끝에 파트너가 정해지자) 그럼 지금부터 파
　　　　트너와 한 시간 동안 간보기 데이터 할 기회를 드리겠습니
　　　　다. 청자 다방을 나서서 서로 만나지 않게 각자의 방향을 잡

아가도록 하시기 바랍니다. 바로 여관으로 직행해도 좋습니다만 너무 성급하게 서두르지는 마시길 부탁드립니다. 오늘 일이 잘만 되면 여관 갈 그런 싸구려 기회보다 매일 밤 함께 할 그런 날이 올 겁니다.

아가씨 4: (다소 걱정이 되는 표정으로 총각 2를 보고)제가 라이터를 잡기는 했는데 걱정이네예, 혹시 콧구멍이 담배연기 굴뚝 용은 아이지예,

총각 2: 라이터는 갖고 다니는데예, 담배는 안 피웁니다. 직장에서 불이 필요할 때 사용하는 겁니더.

아가씨 4: (웃으며 유머 있게)불필요한 분이네예, 그라모 안심입니더. (그래도 미심쩍은 듯) 근데예, 옷에서 담배 찐냄새가 나는데예

총각 2: (황당한 표정으로 말이 없다. 당황한 표정이다, 그러더니) 아가씨도 한꼬바리 합니꺼, 우째 담배냄새 하나는 개 코 수준이네 예.

　(이들 둘의 대화를 듣던 사람들이 모두들 슬금슬금 눈치를 보며 자리에서 일어서서 다방을 나선다. 그리고는 각자 상대 커플이 가지 않는 골목을 선택해 어둠속으로 사라졌다.)

1시간 후 다시 다방 홀

(총각 1과 2, 4 커플은 돌아왔고 총각 3 커플이 아직 나타나지 않았다. 모두들 걱정하는 표정들이다)

총각 1: (혼자소리로) 먼저 여관 가뿟나,

아가씨 3: (야릇한 미소를 지으며) 우리들을 함부로 그래 가볍게 보지 마이소, 기분 살짝 안좋을라 캅니더, 비싸게 놀아보까예.

총각 1: (머리를 극적거리며) 미안합니더, 농담입니더, 안 오길래 웃을라꼬 해본 소립니더,

총각 2: (분위기를 바꾸듯) 파트너가 좋은갑십더, 시간가는 줄 모르는 가베예, 바둑에 미치모 도끼자루 썩는 줄 모른다 카더니 …, 그 꼴인갑십더

(30여분의 추가시간이 흐르자 이들 커플이 나타났다. 모두들 핀잔을 주었지만 이들을 미소만 머금었다.)

총각 3: (총각 2에게 귀속 말로) 나는 파트너가 마음에 든다. 잘하모 오늘밤에 만리장성을 쌓을 수 있을끼다. 나중에 서로 헤어질

때 각자 해산하자. 같이 가자고 부르지 말고 그냥 합바지 방구 새듯이 슬그머니 헤어지자. 알것제.

총각 2: 씨발 넘! 니는 좋컷다. 아랫도리가 얼얼하도록 실컨 해라. 나는 별로다. 가스나가 되게 팅긴다. 손도 잡아보지 못하고 왔다 아이가. 도도하게 구는 바람에 말도 몇 마디 못했다. 못생긴기 꼴깝하는 기지머.

총각 4: (이들 대화에 합류하며) 나도 마찬가지다. 학교 어디 나왔는고 물어서 공고 졸업했다 카기가 싫어서 대답대신 아가씨는 어디 나왔능기요. 하고 되물었더니 얼굴을 빤히 쳐다보다가 아무 말도 안하고 고마 다방으로 가자하데,

30분도 안돼서 다방으로 다시 왔뿜다 아이가. (혼잣소리로) 아이 씨발, 다음 주 일요일에 여친 데리고 동기모임 가기로 했는데, 내일 미팅 한번 더할 수 없나. 급하다. 내 좀 살리도.

(아무도 대꾸하지 않는다. 다방에서 한 시간여를 간보기 한 이야기로 시끌벅적하게 놀았다. 이때 미팅을 주선한 총각 1이 나섰다)

총각 1: (골똘하게 생각하는 표정을 짓더니) 여러분 잠깐만, 우리 여기서 바로 헤어질 것이 아니라 정을 좀 더 나누기 위해 2차 가입시더, 아까 간보기 할 때 보니 요 근방에 멋진 고고장이 있

습디더. 2차는 (남의 말은 듣지도 않고) 내가 생각하건데 고고장으로 가야 하는거 아인가 생각이 됩니더. 우뜻습니까..

총각 3: 그래도 오늘 같이 왔는데 니가 맘에 안든다고 분위기 깨면 안된다 아이가, 같이 가자. 아까 꺼는 잊어뿌고 몸부림빠(고고장)가서 신나게 놀다가 가자.

아가씨 1: (요조숙녀 스타일로 배시시 허리를 꼬며) 바로 집에 가는 것보다는 고고장이 좋습니다. 오늘 허리치수 1인치 줄이보까예, 모처럼 한번 흔들어 보입시더.

아가씨 3: (기분 좋은 표정으로) 그럽시더, 고고장 가입시더. 서로 좀더 친하기 위해서는 맥주 한잔 할 수 있는 고고장이 좋습니다.

오후 9시, 모두들 히득거리며 다방을 나와서 인근 고고장으로 직행했다.

(당시의 고고장 영상이 화면 가득하다)
고고장에서 총각 1의 만년필을 잡은 아가씨 3은 총각1과 부르스를 춘다. 봉긋한 가슴을 불타는 총각 가슴에 바짝 들이 대면서 구두가 벗겨지도록 비볐다.

아가씨 3; (귓속말로) 내일 퇴근 후 만날까예. 시간 있습니꺼 총각 1: (듣고도 못들은 채 헤벌쭉 웃으며) 머라꼬 예.

아가씨 3: (조심스럽게) 내일 시간 납니꺼.

총각 1: (머릿속으로 정자 모텔들의 위치를 떠 올리며) 아~예, 아무도 모르게 정자로 나르까예.

아가씨 3: (아주 맘에 들어 하는 표정을 지으며)그럽시더
총각 1: 내일 우리 부서장 차 빌려오던지 훔쳐 타고 오겠습니다.

총각 3: (아가씨 2와 부르스를 추다가 자꾸 아가씨 발을 밟는다) 미안 합니더. 저는 춤을 잘 못 춥니더,

아가씨 2:(춤을 못 추는 총각이 도리어 마음에 든다. 재비가 아니라는 증명이다) 개안습니더, 노래는 잘 부릅니꺼

총각 3: 노래도 시원찮습니더. 제가 잘하는 것은 별로 없습니다만 진 실한 것 하나는 믿을만 합니더.

아가씨 2: (이 놈이 진국이구나, 내심 쾌재를 부르며) 저도 그래예.

총각 3: 다음 주 일요일에 언양 작천정 갈까예

아가씨 2; 그럽시더. 어디를 가던 우정동 시외버스 터미널 정류장 다
방에서 열시에 기다릴께예

총각 3; (언양 여관 중에 시설이 좋은 곳을 떠올리며 의미심장한 표정
으로) 알겠심더.

나머지 두 커플은 모두 개털이 됐다.

(그로부터 3년이 지난 가을이었다. 꼭 미팅하던 시절과 비슷한 계절이었
다. 늦게 나타나서 핀잔을 들었던 총각 3 커플이 먼저 결혼 청첩장을 돌렸
다. 한 달 후 12월 송년회 한다고 난리를 칠 때 미팅을 주선하고 사회를 봤
던 총각 1이 두 번째 청첩장을 돌렸다. 결국 그날의 미팅이 두 쌍의 부부를
탄생시켰다.)

화면은 이들 결혼식 모습과 하객으로 참석한 미팅 커플들을 보여준다.

총각 2: (총각 4를 보고) 니는 장가 안가나

총각 4: 가스나가 없다. 하나 구해도

총각 2: 내 것도 못 구하는 데 니꺼 구해줄 끼 있나

총각 4: 그래도 니는 선수 아이가.

총각 2: 웃기는 소리 하지마라 다 옛날 말이다.

김만수의 노래 '눈이 큰 아이'가 잔잔하게 흐른다.
내레이션
DJ 오빠가 청자다방 그 후 스토리를 들려준다.

기름때 절은 작업복을 입은 청춘들은 휴일이면 삼삼오오 짝을 지어 오전부터 밀물처럼 꾸역꾸역 음악다방으로 몰려들었다. 대중문화의 산실 음악다방은 늘 청춘들의 아지트였다. 1980년대 DJ 오빠는 청춘들의 허기진 영혼을 달래주는 대중인기스타였다.

청춘들의 쉼터 청자다방은 울산 원도심 시계탑 주변 여러 음악다방 가운데서도 단연 돋보였다. 물론 그 당시 '청자'라는 고급담배가 이 다방 품격을 높이는데도 기여했음도 부인할 수 없다.

특히 청자 다방은 뮤직 박스 규모도 제법 커서 가요 콩쿠르가 가능했다. 그런 이유로 DJ 오빠의 음악적 수준도 A급에 속해야 했다. 휴

일 오전 이 다방에 들어가자마자 자리를 잡았을 경우 그날은 일진이 무척 좋은 날이었다.

 장발인 DJ 오빠가 뮤직 박스 초코 전구 발그레한 불빛아래 앉아 있는 모습은 흔들리는 여심을 무차별로 공격하기에 충분했다. 한번쯤 DJ 오빠에게 연정을 품지 않았다면 여자로서의 품격을 의심받아야 했다.
 7080 청춘들의 젊은 날은 해가 긴 봄날 강물처럼 그렇게 바다로 흘러갔다.

 한 시절 청자 다방에서 DJ오빠를 무지 좋아했던 미스 김은 제 정신 차려서 동생을 법조인으로 만드는 데 성공했다. 그로부터 30년의 세월이 흘렀다. 7080 청춘들은 머리숱이 희끗 희끗해졌고 자녀들 결혼식 때 만나면 동생들 뒷바라지 하느라 혼기를 놓친 미스 김 이야기를 하면서 안부를 묻는다. 자신을 희생하면서 동생들을 훌륭하게 키워낸 그의 또순이 정신이 그리운 시대가 지금 아닐까.

 7080 청춘들은 모두 그렇게들 바쁘게 살았다. 쨍 하고 해 뜰 날을 기다리면서 야간에는 대학을 다녔고 가슴에는 세상을 아우를 백두산보다 높은 이상을 꿈꾸었다.

남화용의 노래 '가버린 추억'이 흐르면서 막이 내린다.

암전

청자다방 미스 김 공연을 끝내고

2022년도 울산광역시 공모사업 선정 作

다방열전 두 번째 이야기

약속다방, 등대호 봉 선장

감독: 손동택
극본: 정은영
원작: 정은영의
『다방열전』

제작 : 울산문인극회 쫄병전선

기획의도

어항漁港 방어진은 울산시내와는 별개의 신도시가 형성돼 있다. 전하만灣에 현대조선소가 건설되기 이전, 방어진항을 중심으로 청구조선, 방어진철공조선 등 규모가 작은 조선소들이 어선들을 건조했고, 이 어선들이 잡아오는 싱싱한 횟감들로 항구는 늘 생기가 넘쳤다.

1980년대를 전후해 방어진은 개도 만 원 권 지폐를 물고 다닌다는 소문이 날 만큼 잘 살았다. 그 돈 냄새를 따라 다방들이 한곳 두 곳 들어서더니 어느 날 지금의 디자인 거리를 따라 자고나면 다방들이 문을 열었다. 스무 곳이 넘는 다방들이 생겼고 다방 입구마다 배달용 오토바이가 서너 대 씩 줄지어 있었다.

다방과 항구는 공생 관계였을까.

많고 많은 직업 중에 삶의 강한 의지를 엿볼 수 있는 직업으로 다방 마담과 레지, 그리고 선원들을 꼽는다.

공단도시 울산의 변두리 방어진항에서 배를 타기위해 전국에서 청년들이 몰려들었다. 어지간한 대기업 근로자들보다 수입이 두 배, 세 배 많다고 소문이 나면서 일찌감치 한몫 챙기려는 청춘들이 고깃배를 타려고 꾸역꾸역 방어진항으로 밀려들자 다방들도 덩달아 신바람이 났다.

희망을 꿈꾸며 억세게 살아가는 바다사나이들과 이들을 상대하는 다방 마담, 그리고 레지들의 애환을 문학극으로 꾸몄다.

배경

37년 전으로 거슬러 올라간다.

1987년 어느 날, 고기잡이로 생계를 꾸려가던 등대호 선원들은 조업을 하지 않는 날엔 한두 명씩 약속다방으로 들어선다. 마담과 레지들이 반색을 하며 이들을 반기는데, 그때 마침 등대호 봉 선장도 다방으로 들어선다.

선원들을 반기던 마담과 레지들이 선원들을 제쳐두고 갑자기 봉선장에게로 몰려와서 갖은 아양을 떤다. 얼떨떨한 선원들이 황당한 표정을 짓지만 분위기는 바뀌지 않는다. 어설픈 다방분위기를 읽은 봉 선장이 선원들을 향해 "오늘 너거가 마시는 커피 값은 내가 쏜다"며 분위기를 반전시킨다.

인심이 후한 봉 선장은 방어진항 일대에서 모르는 사람이 없다. 선원들에게도 커피값은 기본이다. 방어진 일대 다방 마담, 레지들도 봉선장이라면 사족을 못 쓴다.

그런 봉 선장도 남모를 고민이 있다. 사실 등대호가 낡아서 배를 탈때마다 불안하다. 자신보다는 함께한 뱃사람들이 사고를 당할까 노심초사하지만 당장은 방법이 없다. 그래서 멀리 울릉도나 독도까지나가지 않고 방어진 앞 근해에서 조업하는 것이 선원들에게 늘 미안하다.

등장인물

봉 선장 : 방어진 토박이로 50대 중년이다. 평생 배를 탄 베테랑 선장.
인심이 후하다. 방어진 다방 커피는 모두 다 쏠 수 있다고 큰소
리친다.

선원A : 시골에서 돈을 벌기 위해 울산 방어진항으로 와서 고깃배를
타는 아저씨. 그러나 예쁜 아가씨들을 보면 사족을 못 쓴다.
돈을 버는 족족 아가씨들에게 투자한다.

선원B: 방어진 토박이 청년
봉선장처럼 미래 선주가 되는 꿈을 꾸며 돈이 생기면 저축한다.

선원C : 강원도에서 방어진항으로 배를 타기 위해 옴

마담 : 50대 중년으로 가끔 다방 문을 닫고 도라지 위스키도 마시는 성격
좋은 마담. 봉 선장을 친구처럼 대한다.

미스 최 : 약속다방에서 5년째 일하고 있다.

미스 박 : 며칠 전 새로 온 미스박이다. 예쁜 미모로 선원들의 관심이 많
다. 특히 미니스커트를 입은 엉덩이를 손님 어깨에 슬쩍 문지
르는 수완 좋은 아가씨다.

선원A의 아내 : 경주에서 갓난아기를 키우며 살아가는 선원A의 아내.

중매쟁이 : 밝은 성격의 마당발 아줌마.

맞선녀 : 남목에 집을 둔 아가씨. 선원B를 마음에 들어함.

미스 김 : 서울에서 약속다방으로 내려온 아가씨.

정사장 : 약속다방과 라이벌인 방어진다방의 사장

때 : 1987년대

배경 : 방어진항

1장

방어진항의 약속 다방
무대가 밝아지면서 무대엔 아무도 없다.

전영록의 '불티' 음악 흐른다.
나의 뜨거운 마음을 불같은 나의 마음을 다시 태울 수 없을까~

한쪽에서 미스 최, 미스 박이 음악에 맞춰 섹시한 표정으로 손님들을 유혹하는 듯한 제스처를 한다.

미스 최 : (하던 걸 멈추고) 언니! 꼭 이렇게까지 해야 하나?

마담이 등장한다.

마담 : 시끄럽다! 웃으면서 해라. 옆 다방에 손님 뺏기지 않도록 해야
     할 거 아이가. 미스 박은 너무 이쁘다. (미스 최를 보며) 니는
     인상 쓰지말고 더 표정을 (섹시한 표정을 지으며) 요래 요래 해
     라. 알았나.
미스 최 : 그래 안해도 선원들 줄 선다!

마담 : 방어진항에 고기가 많이 잡혀서 선원들 주머니가 꽉찼다. 우리 다방도 손님들로 꽉 찰끼다. 정신바짝 차리라.

미스 최, 미스 박 : 네.

전화벨이 울린다. 미스박이 전화를 받는다.

미스 박 : 예, 약속 다방입니다. 네? 어디요? 만선호에 세 잔요? (마담 이 손가락 네 개를 펼쳐 보인다) 네 잔 들고 바로 갈게요. (전화를 끊는다)

마담 : 만선호?

미스 박 : 네. 여기서는 배에도 배달 가요?

마담 : 배달 안가는 데 없다. 만선호는 최양 니가 가라.

미스 최 : 아이씨, 배에는 안가고 싶은데.

마 담 : 뭐라카노!

미스 최 : 배에 배달 가면 커피 안 묵고 손장난만 친다. (손으로 시늉 하며)

마담 : 적당히 받아주고 심하다 싶으면 발로 차삐라.

미스 최 : 미스 박 니가 가라.

마담 : 가스나야, 여기 온지 얼마 됐다고 박양을 보내노. 니가 가라.

미스 최 : 아이!

마담이 커피를 준다.

마담 : 빨리 갔다 온나.

미스 최, 받아 들고 나간다. 또 전화가 울린다. 미스 박이 받는다.

미스 박 : 네 약속다방입니다. 네. 방어진복덕방요? 네. 쌍화차 두 잔
요? (마담이 손가락 세 개를 펼쳐 보인다) 네. 세 잔 들고 갈
게요.
마담 : 오늘은 와이래 배달이 많노.

마담과 미스 박은 커피 준비를 한다.

마담 : 방어진 복덕방은 알제?
미스 박 : 네. 그 정도는 알죠. (차를 받아 들고 나간다.)

마담은 주방으로 들어간다.

이선희의 '나 항상 그대를' 노래가 흘러나온다.

나 항상 그대를 그리워하는데...

선원A, 선원B가 들어온다.

선원A : 아무도 없나? 마담요, 우리 왔심데이.

마담은 소리를 듣고 주방에서 나온다.

마담 : 왔나. 앉아라. 커피?

선원B : 어째 아가씨들은 안 보이네요?

마담 : 배달 갔는데 금방 올끼다. 커피 주까?

선원A : 아가씨들 오면 묵을께요.

마담 : 왜~에~ (선원을 쓰다듬으며) 내랑 한 잔 하자.

선원 B : 이따 시킬게요.

마담 : 알았다. (마담은 다시 주방으로 들어간다.)

선원A : (다방을 살핀다) 아가씨 새로 왔다던데. 니 봤나?

선원B : 한 번 봤는데요, 미스코리아 뺨치게 생겼데요.

선원A : (궁금한 표정을 지으며) 어찌 생겼는데 모두 다 예쁘다며 난
　　　리고, 진짜 이뿌나?

선원B : 얼굴도 예쁘지만 키도 크고 몸매도 끝내주데요. (웃는다)

선원A : 몸매가 물 찬 제비 같다 이말이제.

선원B : 행님은 경주에 처자식도 있으면서 너무 밝히지 마소, 그라다
　　　가 늙어서 골골 거립니데이. 저번에 미스 정도 도망간 이유가
　　　행님이 시도 때도 없이 들이댔다는 기 원인이라 하데요.

선원A : 그거는 아이고, 헛소문이다. 한번은 방어진 싸롱에서 만난 가
　　　시나가 있었는데 여관에 가면서 대여섯 번 하자 말은 했지만
　　　사실은 술에 취해서 쪽팔리지만 한 번도 못했다 아이가.

선원B : 아까버라.

선원A : 그런데 그 가시나가 도망가면서 온 동네에 내가 다섯 번 했다
고 소문을 내는 바람에 졸지에 선창가 길거리 나가면 내 별명
이 그날부터 변강쇠됐다 아이가. 우리 마누라는 내 때려 죽인
다고 그라고.

선원B : 안 맞아 죽은 게 다행이네요.

선원A : 남자가 그럴 수도 있지. 니는 아가씨하고 여관 간 지 얼마나
됐노?

선원B : 거시기를 해본지가 하도 오래되서 몸에서 사리가 나올라 캅
니더.

선원A : 하하하, 그라모 오늘 미스 최 잘 함 꼬시바라.

선원B : 미스 최는 내 스타일 아입니더.

미스 최가 들어 온다. 들어오며 투덜거린다.

미스 최 : 내가 다시는 너거들한테 배달 가모 손모가지를 확 마!! (선원
들을 발견하고) 옴마야! 우리 오빠야들 왔네.

선원A : 어디 갔다오노?

미스 최 : 만선호요.

선원A : 만선호 선원들 밸란데.

미스 최 : (치를 떨며) 말도 마라. 오빠야들 쪼매만 기다리라. (주방으

로 간다)

선원B : 봉 선장님도 약속다방 댕기시능교?

선원A : 야! 선장님은 거시기 안하는 거처럼 맨날 공자, 맹자소리만
　　　　하시는데 내가 이 배타기 전에 들었는데 방어진 다방 새 가
　　　　시나는 모두 봉 선장님을 거친다카데.

　미스 박이 배달을 마치고 들어온다.

미스 박 : 다녀왔습니다.

　선원들 미스 박을 보고 미모에 놀란다.

선원A : 우와~~!

선원B : 진짜 쥑이지예? (오래 아는 사이처럼 미스 박을 향해 윙크를
　　　　하며) 잘 있었나!

미스 박 : 네. 반가워요. (싫지 않은 듯 눈웃음을 지으며 아는 척을 한
　　　　다)

선원B : 으~응! 별일 없제. (내가 이 정도다 알것나 하는 표정으로 A
　　　　가 보라는 듯 거들먹댄다)

선원A : (담배를 물다말고 그 틈새를 비집고) 니가 새로 온 미스 박이
　　　　가.

미스 박 : 예. 처음 뵙습니다. 앞으로 잘 부탁할게요.

선원A : 알았다. 앞으로는 내가 마 니 신상을 접수할께, 아무 걱정 말
　　　거라

선원B : (놀라는 표정이다. 작은 소리로) 행님, 미스 박은 내가 점찍었
　　　습니데이.

선원A : (시치미를 뚝 때며) 그라모 나는 우째야 되는기고, 헛물만 켜
　　　고 있어야 되나.

선원B : (황당해하는 표정으로 선원 A의 귀에 대고) 미스 박은 내가
　　　찍었다 이 말입니더. 알것습니꺼, 행님은 저기 미스 최나 알아
　　　보이소.

선원A : 모르것다. 동생아, 미스 박을 보는 순간 정신이 하나도 없다.
　　　한마디로 뿅갔다 이 말이다.

　미스 박을 두고 선원 A와 B가 신경전을 벌이고 있다. 이를 지켜보고 있던 카운터 마담은 미스 박이 매출을 올릴 보물이 될 것 같다는 예감으로 기분이 좋다. FM 라디오 볼륨을 올리자 김현식의 '사랑했어요'가 전파를 탄다.

돌아서 눈감으면 잊을까 정든님 떠나가면 어이해
바람결에 부딪히는 사랑의 추억

　그때 봉 선장이 들어선다.
　선원 A와 B는 봉 선장을 보고는 뜨악한 표정이다.

마담 : (반색을 하며) 아이구 봉 선장님 어젯밤 꿈에 방어진 대왕암 용
　　　왕님이 오시더니… 어서 오이소. 반갑심니더. 이리로 앉으이소.
　　　아침부터 티 (도라지 위스키) 한잔 할랍니꺼? 아이구! 내가 와
　　　이라카노, 봉 선장님을 만나니까 정신을 못차리겠심더. 우선
　　　모닝커피부터 한잔 하입시더.
　　　(선원 A와 B 사이에서 놀고 있는 미스 최을 보며) 최양아 봉 선
　　　장님 오셨다. 모닝커피 세 잔 갖고 와봐라.

미스 최 : 예.

　마담이 봉 선장 옆에 미스 박을 앉힌다, 순간 선원 A, B는 눈이 휘둥그레
진다, 순간 한마디로 닭 쫓던 개 꼬라지다.

마담 : (봉 선장 눈치를 살피며) 봉 선장님, 이번에 새로 온 박양입니
　　　더. 앞으로 잘 좀 봐 주이소. 박 양아! 봉 선장님께 예쁘게 인사
　　　드려라

봉 선장 : (미스 박의 맨살 허벅지를 보며 침이 꼴까닥 넘어가는 소리
　　　　를 내면서 입맛을 다신다. 선원 A와 B를 힐끗 돌아보며) 니
　　　　가 소문에 새로 왔다는 박양이가?

미스 박 : 예, 앞으로 잘 부탁드립니더.

봉 선장 : 그래. 오냐. 미스 박은 몇 살이고?

미스 박 : 스물세 살이에요. (실제는 서른세 살인데 눈도 한번 꿈쩍 안

하고 열 살을 속였다)

미스 최 : (살피다 빈정대면서 작은 소리로) 뻥치시네!

봉 선장 : 스물세 살? 아이구 좋을 나이네.

미스 최 : (또 혼자 소리로) 가시나 한꺼번에 십년을 뛰어넘어놓고도
　　　　　눈빛 하나 바뀌지 않네. 여시같은 년. (혀를 찬다)

봉 선장 : (미스 박을 보며) 요새 스물세 살이면 한창때구나.

미스 최 : (커피를 내려놓으며 봉 선장과 눈이 마주치자 인사를 한다)
　　　　　선장님 오랜만이네예.

봉 선장 : 그래. (미스 최에게는 관심이 없다. 이미 미스 박에게 홀딱
　　　　　넘어간 상태다)

미스 최는 기분이 상한 듯 음악의 볼륨을 크게 높인다.
나미의 '빙글 빙글' 노래

그저 바라만 보고 있지~~ 그저 눈치만 보고 있지~

다방의 사람들 모두 놀란다.

마담 : 야! 야! 최양아, 시끄럽다! 소리 낮춰라.

미스 최, 말없이 볼륨을 낮춘다.

미스 박 : (멍 때리고 있는 봉 선장에게) 선장님, 커피 식어요.

봉 선장 : (정신을 차린 듯) 말도 참 이쁘게 하네. 그래, 마시자. (커피 잔을 들고 입으로 가져가다가 미스 박 미모에 팔려서 그만 코에다 잔을 갖다 대다가 커피를 쏟고 만다. 마담이 행주를 들고 오고…, 한바탕 작은 소동이 일어난다)

봉 선장 : 내가 와이라노, 허~ 참

미스 최 : (혼자 소리로) 노는 꼴좋다. 바지 거시기에 확 쏟아버렸으면 …. 거시기가 데여서 작동도 못하게….

　그때였다. 마담이 티슈로 닦아 주려는 순간 미스 박이 손바닥으로 봉 선장의 입을 쓰윽 닦아준다. 그리고 바지에 묻은 커피도 손으로 툭툭 털어준다.

미스 박 : 봉 선장님 코가 너무 잘생겼어요, 코가 이렇게 복스럽고 잘 생긴 사람은 돈도 따라오고. 또 머! 밤에도 끝내준다 하던데요.

봉 선장 : (싱긋이 웃으며) 나이답지 않게. 사람 볼 줄 아네. 옛말 틀린 거 없는기라.

마담 : (미소를 지으며) 박 양아! 쇠뿔도 단김에 빼라켔다. 오늘 밤에 봉 선장님 한 번 모실래.

미스 박 : (웃으며) 저야 뭐, 괜찮은데 봉 선장님이 체력이 될지 모르겠어요.

봉 선장 : 너무 급하게 설치면 체한다. (마담을 보며 그런 것은 조용히 말해야지 선원들이 다 듣는다 아이가 하는 눈치를 주며) 천천히 두고 생각해보자.

선원A,B : (봉 선장의 그 말에 안도의 한숨을 쉰다. 서로 마주보며) 잘 못하면 큰일날 뻔했다.

문을 박차고 장사장이 씩씩거리며 들어와 소리친다.

정사장 : 윤마담! 윤마담 어딨노!

마담 : (일어나며) 정 사장 웬일이고?

정사장 : 웬일이고 뭐고 윤 마담, 이거 너무 한 거 아이가!

마담 : 왜 그라는데? 화내지 말고 말을 해봐라.

정사장 : 같은 업을 하면서 그라모 안되지!

마담 : 뭐가?

정사장 : 우리 다방에 오는 손님들을 이 집 아가씨가 전부 꼬셔간다 아이가. 우리 다방에 들어오는 손님 손까지 잡고 끌고 가면 안 되지.

마담 : 우리 아가씨들은 그렇게까지는 안한다.

정사장 : 안 하기는 내가 다 봤는데.

마담 : 능력 없는 그쪽 아가씨들 보고 뭐래 그래라.

정사장 : 뭐? 우리 아가씨들이 능력이 없다고?

마담 : 꼬시는 것도 능력 아이겠나.

정사장 : 니 말 다했나!

마담 : 마 시끄럽다. 별거 아인거가지고… 나가라!

정사장 : 이 여편네가! (정 사장이 마담의 머리채를 잡자 마담도 머리
　　　　채를 잡는다.)

선원들 : 어어. 그만 하이소! (말린다.)

마담 : 이거 안놓나! 빨리 놔라.

장사장 : 장사를 그렇게 하면 안 되지. 어디서 배운거고!

마담 : 니나 잘해라.

정사장 : 오늘 끝을 보자는 기제!

봉선장 : (말린다) 자자. 그만하고 진정들 해라.

정사장 : (봉 선장을 보고) 봉 선장님도 그러는 거 아입니다.

봉선장 : 내가 뭘?

정사장 : 방어진에 같이 살면서 우리 다방에도 팔아주고 그래야지 맨
　　　　날 약속다방만 오닝교!

봉선장 : 미안하다. 그쪽도 가고 이쪽도 가고 하께. 이웃끼리 싸우지
　　　　마라.

정사장 : 장사 어째하는지 내가 지켜 볼끼다. 같이 묵고살아아 될 거
　　　　아이가.

　정사장은 다방을 나간다.

이문세의 '가을이 오면' 노래가 나온다.

가을이 오면 눈부신 햇살이~

2장

어느덧 계절은 늦가을이 저물어 가고 겨울로 성큼성큼 다가가고 있음을 피부로 느낀다.

미스 박이 혼자 앉아있다.

다방으로 아기를 업은 아주머니(선원A의 아내)가 들어온다.

마담 : 어서 오세요. (낯선 사람이라 살펴본다)

선원A의 아내 : (살핀다) 저… 윤동만이라는 사람 아시능교?

마담 : 윤… 누구요?

선원A의 아내 : 윤동만씨요.

마담 : 윤동만? 글쎄요. 처음 듣는 이름인데요.

선원A의 아내 : 알겠심더. 그럼… (나간다)

다방에 맞선 아줌마(중매쟁이)와 아가씨(맞선녀)가 들어온다.

미스 박 : 어서 오세요.

맞선녀와 중매쟁이는 앉는다. 손님 오는 소리를 듣고 마담이 나온다.

마 담 : 아이구 이모, 오늘 선보는 날인가베. 오늘은 어느 총각하고 선
　　　　을 보노?

중매쟁이 : 등대호 타는 그 총각 있다 아이가.

마담 : 아… 그 총각 좋지. (아가씨를 본다) 아가씨가 참 차마네.

맞선녀 : 고맙습니다.

마담 : (아가씨를 보고) 잘 해보이소. (간다)

중매쟁이 : 우리가 좀 빨리 왔나 보네. 좀 기다리자.

맞선녀 : 알겠습니다.

중매쟁이 : 이 총각이 방어진에서 제일 큰 배를 타는데 돈도 잘 벌고
　　　　성실하다. 무엇보다도 인물이 좋아.

맞선녀 : 저는 인물은 안 봐요. 그냥 부지런하고 책임감만 있으면 되
　　　　요.

중매쟁이 : 맞다. 인물은 살다 보면 다 똑같다.

　미스 박이 테이블로 간다.

미스 박 : 커피 지금 드릴까요?

중매쟁이 : 아이다. 총각 오면 같이 시킬게.

맞선녀는 떨리는 듯 물을 마신다.

맞선녀 : 왜 이리 떨리는지 모르겠네요.

중매쟁이 : 떨 거 없다. 편안하게 만나면 된다.

맞선녀 : 남자를 만나는 게 처음이라서요.

중매쟁이 : 남자를 만난 적이 없나?

맞선녀 : 예.

중매쟁이 : 여태까지 뭐했노.

맞선녀 : 일하고 집에 가고 일하고 집에 가고 뭐⋯ 그래서⋯ 주변엔 남
　　　　　자들도 없고요.

　선원B가 양복을 차려입고 나타난다. 중매쟁이는 손을 든다.

중매쟁이 : 총각, 여기!

선원B : 아, 예.

선원B는 아가씨 얼굴을 한번 보고 자리에 앉는다.

선원B : 빨리 오셨네요.

중매쟁이 : 아이다. 우리도 금방 왔다. 마담, 우리 커피 두 잔!

마담 : 네.

중매쟁이 : 여기는⋯ 아이다. 둘이 직접 인사해라.

선원B : 안녕하십니까. 김득재입니다. 27살입니다.

맞선녀 : 저는⋯ 이금순 24살입니다.

중매쟁이 : 이 아가씨는 남목에 살고... 아! 아이다. 인자는 두 사람끼

리 이야기 해봐라. 나는 비켜줄게.

맞선녀 : 아… 그래도 이모님… 가시면…

선원B : 그럼 안녕히 가이소. 다시 연락드릴게요.

중매쟁이 : 그래, 아가씨 나중에 연락할게.

중매쟁이는 나간다. 둘만 남아서 어색하다. 미스 박은 커피를 가져다준다.
배따라기의 '그댄 봄비를 무척 좋아하나요'가 흘러나온다.

그댄 봄비를 무척 좋아 하나요~ 나는요 ~

선원B : … 취미가… 뭡니까?

맞선녀 : 독서요.

둘의 어색한 사이, 음악만 흐른다.

맞선녀 : 그쪽은 취미가 뭐에요?

선원B : 저는 음악감상입니다.

맞선녀 : 저도 음악감상 좋아해요.

다시 어색한 침묵, 다시 음악이 흐른다.

맞선녀 : 앞으로의 꿈은 뭐예요?

선원B : 지금은 비록 남의 배를 타고 있지만 돈을 모아서 큰 배를 사
　　　 서 선장이 되는 게 제 꿈입니다.

맞선녀 : 아… 멋지네요. 배 타는 거는 무섭지 않아요?

선원B : 안 무섭습니다. 남자 아입니까.

사이

맞선녀 : 선은 많이 보셨어요?

선원B : 아니요. 여자 손도 못 잡아 봤습니다.

맞선녀 : 저도 그래요. 이렇게 단둘이 있으니까 긴장되네요.

　미스 최가 배달을 마치고 돌아온다. 앉아 있는 선원B를 본다. 미스 최가
말을 건다.

미스 최 : 오빠야? 오늘은 내 놔두고 딴 아가씨하고 데이트하네.

　선원B가 당황해한다.

맞선녀 : 이 다방에 자주 오시나봐요?

선원B : 아, 아닙니다.

미스 최 : 어제도 왔잖아.

맞선녀 : ….

선원B : 아, 그 … 비즈니스 때문에.

미스 최 : 뭐라카노. 미스 박하고 커피 마시는 게 비즈니스가?

마담 : 최양아!

미스 최 : 와예?

마담은 눈치없는 미스 최의 옆구리를 찌른다. 미스 최는 주방으로 들어간다.

선원B : 비즈니스 때문에….

맞선녀 : 아. 네.

선원B : (다방 레지의 눈치를 보다가) 순금씨, 밖에 나가서 걸으면서
　　　 이야기 할까요?

맞선녀 : 네.

둘은 커피를 원샷하고 급히 자리에서 일어나 나간다. 미스 박이 테이블을 정리한다.
봉 선장, 다방으로 들어온다. 미스 박이 반갑게 인사한다.

미스 박 : 선장님, 오셨어요.

봉 선장 : 그래. 잘 있었나?

미스 박 : 선장님 덕분에 잘 있죠. 보고 싶었는데 ... 이제 오시네.

미스 최 : 저 가시나 또 꼬리치네.

봉 선장은 자리에 앉는다.

마담 : 우리 봉 선장님 납셨네. 최양아, 봉 선장님 테이블에 커피 두
　　　잔.
미스 최 : 미스 박이 있는데 내가 왜 해요?
마담 　: 시끄럽다! 미스 박은 봉 선장님 모셔야지. 빨리.
미스 최 : 아이이참!!

　아기를 업은 아주머니가 들어온다.

마담 : 어서… 오이소.
선원A아내 : 네. (구석 자리로 앉는다)
마담 : (다가간다) 뭐… 드릴까예?
선원A아내 : … 커피.
마담 : 네.

　봉 선장과 미스 박은 보다가 다시 이야기를 나눈다. 마담은 주방으로 간
다.

봉 선장 : 날씨가 완전히 가을이네. 산에 단풍이 쥑이는데.
미스 박 : 그럼 단풍구경 시켜 줄래요?

봉 선장 : 신불산? 가지산? 어디 가꼬?

미스 박 : 선장님하고 가면 어디든지 좋아요.

　　선원A의 아내는 화장실을 간다. 미스 최가 커피를 들고 봉 선장의 테이블로 간다.

미스 최 : 단풍은 신불산이 좋지. 봉선장님 언제 갈까요? (봉 선장은 미스 박과 둘만 가고 싶은 데 눈치 없이 끼어드는 미스 최가 싫은 듯)

봉 선장 : 겨울 오면 가자.

미스 최 : 겨울에 무슨 단풍구경을 가요?

봉 선장 : 그… 내가 아는 산이 있는데 그 산은 겨울에도 단풍 있다. 억수로 큰 나문데, 단풍잎이 얼굴만 한 게 벌겋다. 거짓말 같으면 가서 자로 한번 재봐라.

　　　　1m는 될끼다.

미스 최 : 선장님, 내하고 가기 싫으면 가기 싫다 말하이소.

봉 선장 : 싫다.

미스 최 : 선장님!

봉 선장 : 농담이다. 농담.

　　선원A가 콧노래를 부르며 들어온다. 봉 선장을 보고 실망한 듯….

미스 최 : 오빠야, 왔나.

선원A : … 어. (봉 선장의 눈치를 보며 구석 자리로 간다)

봉 선장 : (선원A에게) 커피는 내가 살게 많이 묵어라.

선원A : 네.

미스 박 : 선장님 진짜 멋지시다.

미스 최 : (봉 선장을 보고) 선장님 나도 한잔 묵을게요.

봉 선장 : 묵아라.

　선원A는 미스 박을 힐긋 본다. 미스 박과 눈이 마주친다. 자리에 앉는다.

미스 최 : 오빠야, 오늘은 등대호 스톱하는 날이네.

선원A : 그러네. 선장님도 여기 계시고.

　선원A 아내는 화장실에 갔다가 자리에 앉으며 본다.

미스 최 : 우리도 내일 단풍구경 갈까? (미스 최가 선원A에게 어깨동
　　　　무를 한다)

선원A : 좋지! 내일 우리 배 안 나가는데 딱 맞네. 단풍보고 그 밑에서
　　　　파전에 막걸리도 한잔하면 되겠다.

미스 최 : 너무 좋지. (안는다) 약속하자. (손을 잡는다)

　선원A의 아내는 선원A 쪽을 본다. 유심히 보기 시작한다.

선원A : 그래. 믿어라. 오랜만에 데이트 함 하자.

미스 최 : 좋지!

선원A의 아내는 확신을 가진다. 남편이라는 것을, 그리고 다가간다.

선원A의 아내 : 만식이 아버지요.

선원A : (돌아본다) 왜? 뭔데?

선원A아내 : 여서 지금 뭐하능교?

선원A : (순간 놀라 멈춘다) …니가 여기까지 우짠 일이고?

선원A아내 : (소리치며 성질을 낸다) 지금 여서 뭐하능교! 이런데서 아
　　　　　가씨하고 놀기나 하고, 돈 벌어서 이런 데 갖다주는 가베
　　　　　요.

업고 있는 아기가 울기 시작한다. 다방이 시끄러워진다.

선원A : 만식아… 우지마라. 아빠다.

선원A아내 : 내가 못 산다. 못 살아. (미스 최를 보고 화낸다) 절로 안
　　　　　가나!
　　　　　이런 데서 돈 쓴다고 집에 돈 안 붙여 줬능교?

선원A : 돈 붙여줬다 아이가. 그리고 남자가 이런 데 와서 커피 한잔
　　　　　할 수도 있는 거지 어디서 여자가 여기까지 와서 큰소리고!

선원A아내 : 당신이 돈만 꼬박꼬박 붙여 줬어도 내가 만식이 없고 경

주에서 여기까지 안 왔습니더.

선원A : (짜증내며) 알았다. 사람들 있는데 고만해라.

선원A아내 : 당장 경주로 돌아갑시더.

선원A : 뭐라카노. 경주 가서 뭐해 묵고 산단 말이고.

선원A아내 : 농사라도 지으면 되지요.

선원A : 그깟 농사해서 어째 먹고 사노. 치아라마! (선원A는 다방을 나간다)

선원A아내 : 만식이 아부지요! 만식이 아부지요!

아기는 울고 아내는 쫓아나간다.

미스 최 : 엄마야, 저 오빠야 처자식 있는 오빠야였네.

봉 선장 : 살다 보면 이런 일 저런 일도 있지. 우후지실, 비 온 뒤에 땅이 굳어 지는 법이지. 잘 살끼다. 걱정마라.

조명이 어두워진다.
김범룡의 '바람 바람 바람' 이 흘러나온다.

문밖엔 귀뚜라미 울고 산새들 지저귀는데~

암전

3장

약속다방
미스 박이 테이블을 정리하고 있다.
낯선 총각(선원C)이 다방을 들어온다.

미스 박 : 어서 오세요.

총각은 고개만 끄덕하고는 자리에 앉는다. 미스 박은 다가간다.

미스 박 : 이 동네 사람은 아닌 것 같은데요?

선원C : 예.

미스 박 : 뭐드릴까요?

선원C : 커피 한 잔 주드레요.

미스 박 : (강원도 사투리에 놀라며) 네?

선원C : 뭘 그리 놀라드레요. 커피 달라고 하지 않았드레요.

미스 박 : 아… 네. 뱃일하러 오셨나 봐요.

선원C : 그 뭐가 그리 궁금한 게 많드레요. 일없소. 커피나 가져오드
레요.

미스 박 : 네.

미스 최가 짐 가방을 들고 나오고 마담도 따라 나온다.

마담 : 최양아, 수고 많았데이.

미스 최 : 아입니더.

마담 : 바로 고향으로 가나?

미스 최 : 다방 일은 이제 그만하고 고향에 혼자 계신 어무이 모시고
농사나 지으며 살아야죠.

마담 : 아쉽데이 (주방을 보며) 박양아, 언니 이제 간단다.

미스 박이 나온다.

미스 박 : 언니, 잘 가요.

미스 최 : 그래 가시나야. 니, 언니 잘 모시고 일 열심히 해서 돈 많이
벌어라.

미스 박 : 걱정마라. 언니한테 배운 게 얼만데. 언니! (서로 안는다)

미스 최 : (마담에게) 언니 갈게요.

마담 : 그래. 잘 살아라.

미스 최는 가방을 들고 나간다. 마담과 미스 박은 아쉬워한다.

선원C : 그 뭐그리 꾸무적거리드레요. 커피 안 주드레요.

미스 박 : 네. 가요. 오빠~

마담은 카운터로 가서 앉는다. 봉 선장이 들어온다.

마담 : 아이구, 우리 봉 선장님 오셨네요. 미스 박, 선장님 오셨다 모
　　　시라.

미스 박 : (주방에서) 네.

봉 선장은 두리번거리더니 혼자 앉아 있는 총각에게 다가간다.

봉 선장 : 자네가 서정필 맞나?

선원C : (알아보고 일어난다) 네. 맞드레요.

봉 선장 : 그래, 반갑다. (악수한다) 몇 살이고?

선원C : 스물다섯 살이드레요.

봉 선장 : 스물다섯… 어무이 아부지는 살아계시고?

선원C : 아바이는 일찍 돌아가셨드레요.

봉 선장 : 그래. 알겠다. 아무튼 열심히 해봐라. 배 타는 거 쉽지 않다.

선원C : 각오하고 왔드레요.

봉 선장 : 그래도 니만 열심히 하모 금새 돈 모을끼다.

다방으로 레지(미스 김) 한 사람이 들어온다.

미스 김 : 저 실례합니다.

마담이 소리를 듣고 나온다.

마담 : 누구?

미스 김 : 저… 다방에 사람 구한다고 해서 왔습니다.

마담 : 아, 서울에서 온다는 아가씬가베.

미스 김 : 네. 김 사장님이 소개 해주셨어요.

마담 : 맞다. (몸매를 보다) 이쁘네. 내가 여기 마담이데이. 잘 해 보자.

미스 김 : 네. 잘 부탁드릴게요.

마담 : 미스 박아, 아가씨 새로 왔다. 나와 봐라.

　

미스 박이 커피를 들고 나온다.

마담 : (미스 김에게) 언니. 인사해라.

미스 김 : 안녕하세요. 잘 부탁드려요.

미스 박 : 네.

마담 : (미스 김의 손을 끌고 봉 선장에게 간다) 봉 선장님, 우리 다방
　　　에 아가씨 새로 왔습니더. 방금 서울서 온 아가씨.

봉 선장 : (아래위로 본다)

마담 : 뭐하노 인사드리라.

미스 김 : 안녕하세요. 미스 김입니다. 잘 부탁드립니다.

봉 선장 : 그래, 내가 잘 부탁한데이.

미스 김 : 선장님이세요? (옆에 앉는다) 음… 어쩐지 어깨가 딱 벌어진

게 완전 남자시다. (어깨를 쓸어내린다)

미스 박 : 엄마야! 저 가시나 내 보다 더 여시네!

미스 김 : 선장님, 선장님 배 한번 태워 주세요.

봉 선장 : 하하하, 그래 태워 주게.

마담 : 봉선장님, 만식이 아빠는 어째됐습니꺼?

봉 선장 : 그때 마누라가 난리 피우고 난 다음날 짐 싸서 경주 집으로
        갔다. 농사지을 거라네.

마담 : 옴마야.

봉 선장 : 만남이 있으면 헤어짐도 있는 거 아니겠나. 회자정리.

미스 김 : 어머나, 선장님 멋지시다. 회장정리.

봉 선장 : 회자정리.

미스 김 : 아….

봉 선장 : 하하하 요 가시나 귀엽네.

마담 : (선원C를 가리키며) 만식이 아빠 대신 일할 선원인갑지요?

봉 선장 : 그래, (선원C에게) 인사드리라. 약속다방 마담이시다.

선원C : 안녕하시드레요.

마담 : 네, 자주 오세요.

  선원B가 들어온다.

선원B : 선장님, 이제 등대호 출항 준비 끝냈습니다.

봉 선장 : 오냐. 그래. 새로운 선원도 왔고 다시 등대호에 시동 걸고 뱃
　　　　고동 울리면서 울릉도, 독도를 돌아 동해까지 달려 보자!
선원B,C : 좋습니다.
마담 : 그라모 우리도 영업준비 하까?
미스 김, 미스 박 : 네.

　김수철의 '젊은 그대' 음악과 봉 선장과 선원들은 힘차게 나가고 마담과
레지들은 신나게 영업준비를 한다.

　- 막 -
　암전.

에필로그

어떤 친구가 말했다.

"다방 하면 니 아이가, 1970년대와 80년대 울산다방 이야기를 니 만큼 아는 놈도 드물끼다. 니는 특이하게도 레지 빤스 색깔도 맞출 수 있었지, 아마 다방 DJ가 꿈이라고 했던 거 같은데…."

횡설수설했지만 맞다. 그랬다. 대꾸할 말이 없어서 그냥 웃었다.

그 시절 생각을 하면 가슴이 짠하다.

1978년 1월, 경주권역 어느 회사에 출근했다. 첫날부터 화장실과 선배들 공작기계 청소해주는 게 주요일과였다.

대학을 갔어야 했다는 것을 그때 처음으로 뼈저리게 느꼈다. 기차가 떠난 텅 빈 역 대합실에 혼자 앉아있는, 그런 느낌이었다.

발버둥 치다보면

"혹시 대학을 갈 수 있을지도 몰라"

후임자가 왔고, 화장실 청소 소임이 거의 끝날 무렵 사표를 냈다.

그리고 1978년 5월 현대자동차 울산공장에 출근했다.

대학은 고사하고 울산에서는 공장 일에 지쳤다.

무료했고 답답했다. 일상의 탈출이 필요했다.

노는 장소를 찾아간 곳이 다방이었다.

휴일, 밀린 빨래를 대충 해놓고 원도심 시계탑 일대 다방을 찾았다.

청자다방, 월성다방, 예나르다방, 미도다방, 맥심다방 등 주로 음악

다방에 처박혔다. 가끔 양념삼아서 가로수다방, 명다방, 고궁다방도

찾았다. 그것이 다방열전을 쓸 수 있는 밑천이 됐다.

청바지를 즐겨 입고 촐싹대며 다녔던 다방시절 이야기를 지금에

와서 이야기로 쓸 줄 그 누가 알았을까.

이 또한 인연이다. 그 시절마담, 레지, DJ들도 가끔 생각이 난다.

정은영의 다방열전

지은이 ㅣ 정은영
기획 ㅣ 울산다방문화연구소
초판1쇄 인쇄일 ㅣ 2022년 11월 03일
초판1쇄 발행일 ㅣ 2022년 11월 11일

펴낸곳 ㅣ 바니디자인
출판등록 ㅣ 2005년 11월 4일 제75호
울산광역시 남구 번영로 152(달동)
전화 ㅣ (052)276-6687
팩스 ㅣ (052)260-6687

₩20,000
ISBN 979-11-91474-03-9

* 이 도서는 울산광역시, 울산문화재단 2022 울산예술지원사업으로 발간되었습니다.
울산광역시   울산문화재단